> 그라지람쟈
> – 그렇구말구요

박
주
언 朴柱彦 Park Jueon

진도에서 태어나 살면서 진도 민속과 언어를 조사하고 진도 세습무속을 기록하는 작업을 지속해왔으며, 위충 묘, 정유재란순절자 공동묘지, 왜덕산 등을 발굴하였다.
진도문인협회, 진도문학포럼, 전남수필, 영호남수필 회원으로서 진도방언을 활용한 20여 편의 단편소설과 수필을 지어 진도말의 용례와 진도민속을 함께 담아내는 작업을 그라지람쟈시리즈로 발표해왔다. 또한 사회운동가이자 향토사가로서 월간 진도 편집장, 예향진도 편집인, 무등일보 기자, 계간『진도사람들』발행인, 진도문화원장을 역임하였고 현재 국사편찬위원회 사료조사위원이다. 진도JC와 진도학회를 창설하고 진도세계평화제, '왜덕산 사람들의 교토 코무덤평화제' 행사를 창설하였다. 전남향토문화상, 진도예술인상, 옥주문화상, 국립국악원 개원 70주년 공로상 등을 수상했으며 현재 경주박씨 진도종친회장으로 양정재 종가에서 살고 있다.
저서로는 뿌리깊은나무 민중자서전,『"에이 짠한 사람", 내가 나보고 그라요』(채정례편),『신비의 땅 진도』가 있고 공저로『진도무속현지조사』,『진도박씨무계 재구성연구』등이 있다.
(jepark2000@hanmail.net)

박주언 진도방언 단편집

그라지람쟈
그렇구말구요

박주언

민속원

머리말

진도말이 사라지는 것은
진도문화가 사라지는 것이다

안방 '부수막'을 표준말에 내주다

1951년 진도국민학교에 입학하여 받은 문교부 발행 1학년 국어책은 내가 소유한 최초의 책이었다. 황갈색으로 속칭 똥지라는 비료포대 재생지 같은 하급 지질에 활자도 아름답지 못했다. 그럼에도 6.25전쟁 중에 나온 전시제품이라 고마운 선물이었다.

국정교과서인 이 국어책이야말로 '표준어'로 나를 개화시키면서 한편으로는 지금까지의 '나의 말'을 추방한 침략자이기도 했다. 대부분의 학생들은 매우 빨리 세뇌되어 초등학교 4.5학년이면 어려서부터 익혀온 자기의 '진도말'을 손가락질하며 비웃었다.

"하하, 너 시방 뻥아리 라고 했어!"

"야 임마! 함마니가 뭣이냐? 할머니라고 해사제!"

어린 학생들이 있는 집에서는 어른들도 말조심을 하게 되었다. 학교에 다니지 못한 사람들의 말이나 사투리는 하급언어 또는 잘못된 말로 믿게 된 탓으로, 학교 교육은 향토말을 없애는 거대세력으로 자리잡았다.

어떻든 내가 중학생 때까지만 해도 어른들은 모두 순수 진도말을 사용했었다. 제삿날이면 할머니 할아버지들이 흰옷을 깨끗이 입고 아침부터 찾아오신다. 소문중小聞中 어른들이 모두 모이다 보면 집안 어디든 정겨운 말들이 오갔다. 할머니들은 한결같이 웃는 얼굴에 재미있는 이야기만 하는 것처럼 보였다. 할아버지들은 오전부터 술상을 놓고 빙 둘러앉아 점잖은 대화를 품위 있게 시작한다. 이 술자리는 밤 12시쯤까지 이어지고 정작 제사를 모셔야 될 그 시간이면 논쟁이 생겨 제사도 모시지 않고 가버리는 분들도 있었다. 물론 술에 취한 상태였다.

2차 표준말 쓰나미는 1960년대 후반의 TV 등장이었다. 저녁식사를 마친 여인네들은 마을에 TV가 있는 집으로 모여들었다. 상상할 수 없는 세상이 그 속에 있었다. 연속극이나 노래자랑은 농어촌 시골사람들이 정신을 차리지 못하게 만들어버렸다.

예전에 동네 아짐들은 씻김이 있을 때면 모두들 초저녁부터 굿청 마당에 모여 앉아 날이 새도록 굿판을 만들었다. 세습무당 단골의 사설을 함께 음미하면서 자기 자신을 씻김 하는 자리로 만들었던 것이다. 이 아름다운 전통의 모습이, 저녁 식사 후 마실 가던 여유까지 TV 보는 재미 때문에 사라졌다. 그들은 자신도 모르게 표준말에 젖어들었다.

바깥세상을 눈으로 확인하고 나서 도시로 나가는 젊은이들이 줄을 이었다. 봄에 서울로 갔던 처녀 총각은 추석에 고향에 와서 서울말을 해댔다. 진도말을 희롱하는 셈이다.

1970년대에 들어서면서 새마을운동이 일고, 새벽부터 "우리도 한 번 잘살아 보세 - !" 노래를 날마다 듣다 보니 생각이 바뀌었다. 이대로 살다가는 백 년 살아도 잘 살기 어렵다는 것이다. 그래서 한번 잘 살아 보기 위해 서울로 가게 되는 결정들이었다. 그들도 고향에 오면 모두 서울말을 썼다. 드디어 진도 방언이 안방 '부수막'을 표준말에 내주고 말았다.

「한글맞춤법통일안」의 제정과 표준어

1876년의 강화도조약으로부터 시작된 개화기에 1895년 7월 19일 고종高宗의 소학교령 공포로 소학교가 등장하면서 조선의 교육혁명이 시작되었다. 마을이나 문중의 서당에서 한문 수업을 마치고 일부는 중등교육기관인 향교에 이르기까지 학생들은 천자문으로부터 공자님 제사를 모시는 제례수업을 배웠다.

소학교를 통한 현대교육은 한글을 공용문으로 채택하고 각종 교과서를 한글로 펴내어야 했는데 통일된 정서법이 없었다. 소학교는 을사조약에 따라 1906년 2월에 설치된 통감부의 보통학교령에 의하여 보통학교로 이름이 바뀌었다. 정부는 1907년 학부學部 안에 국문연구소를 설치하여 정서법 통일안을 마련하도록 했다. 그러나 1910년 나라를 잃게 되자 국문연구소도 해체되고 말았다.

그 뒤 조선총독부의 주관으로 일본인 학자와 우리나라 학자가 함께 참여하여 1912년 「보통학교용 언문철자법」을 만들어 국민학교 교과서에 적용했다. 1919년 3·1운동을 계기로 일제가 무단정치를 문화정치로 바꿈으로써 신문·잡지의 간행 및 집회가 허용되었다. 우리나라 어학자들이 조선어학회를 구성하고 정서법 통일안 제정에 착수하여 「한글맞춤법통일안」이 마련되었다.

조선어학회는 1930년 12월 13일 맞춤법통일안 제정을 결의하고, 3개년에 걸쳐 125회의 회의를 거듭한 결과 1933년 10월 29일 한글날(당시의 한글날은 10월 29일이었음.)을 기하여 세상에 공표하니 이것이 곧 「한글맞춤법통일안」이었다. 총론 제2항은 '표준말은 대체로 현재 중류사회에서 쓰는 서울말로 한다'는 규정이었다. 그리고 1948년에야 국한혼용문으로 되어 있던 것을 한글전용으로 바꾼 한글판을 내었다. 문교부는 1988년 1월 19일 「한글맞춤법과 표준어규정」을 새로 고시하면서 표준어의 사정

원칙을 '표준어는 교양있는 사람들이 두루 쓰는 현대 서울말로 정함을 원칙으로 한다'고 수정했다.

이런 과정을 거쳐 한국인들의 표준말이 자리를 잡았는데 동시에 각 지방의 방언은 도태의 길로 접어들게 된 것이다.

소수언어의 세계적 소멸 추이

유엔은 2019년을 '세계 토착어의 해'로 지정했다. 유네스코에 따르면 현재 전 세계에서 사용되고 있는 언어의 수는 약 7천여 개이며, 2,680여 개의 언어가 소멸 위기에 처해 있다고 한다.

2010년 유네스코가 펴낸 『소멸 위기에 처한 세계 언어 지도』에 따르면 1950년부터 2010년 사이에 전 세계에서 230개의 언어가 영구히 사라졌다. 같은 자료에서 유네스코가 소멸 위기 언어로 지정한 언어 중 146개 언어는 해당 언어를 사용할 줄 아는 사람이 전 세계에 채 10명도 남아 있지 않은 상태고, 178개 언어도 사용자 수가 10~50명에 불과하다. 이들 대부분은 고령의 노인이며, 그 자손들은 다양한 이유로 해당 언어를 배우지 못했거나 앞으로도 배울 의사가 없다. 영향력이 큰 주류언어의 지배력은 증대되는 데 반해 소수 언어는 힘을 잃고 사라지고 있다는 것이다.

핀-우그리아어족 Finno-Ugric 언어연구자 리호 그룬탈Riho Grünthal 교수는 "언어가 사장된다는 것은 그 언어를 사용했던 문화가 사라진다는 의미"이며 "이는 사람들이 세계를 바라보는 관점이 사라지는 것이며, 언어가 사라지면서 사람들이 자신의 생각과 역사, 문화를 표현하는 고유한 방법도 잃는다"고 했다.

진도방언 단편소설 그라지람쟈

　안방 '부수막'을 표준말에 내어주었지만 정승한, 곽충로씨를 비롯하여 진도 향토사에 관심 있던 사람들은 진도방언이 중요하다는 공통적 인식을 갖고 있었다.

　이런 분위기 속에서 진도문화원보「예향 진도」편집을 맡게 된 나는 진도 방언 단어 정리를 계획하다가 아무래도 의미전달에 못 미쳐 차라리 방언 단편을 통한 실재 구사가 필요하다는 생각을 하게 되었다.

　그러나 방언 단편소설을 쓴다는 일이 얼마나 어려운 작업인가에 새삼 놀랐다. 우선 책이 표지 포함 24쪽 정도로 얇다 보니 글의 분량도 2~3쪽으로 끝내야 했다. 그러면서도 스토리가 재미가 있어야 독자들이 읽어주는데 기본적으로 소설의 형태를 갖추어야 했다. 가장 중요한 것은 역시 정확한 진도 표준방언을 사용하고 숨은 옛 진도말들을 찾아내야 했다. 소재가 특이하고 주제가 독특한 것이 작품의 기본이며, 좋은 한옥처럼 틀이 잘 짜져야 아름답고 품위 있는 집이 된다. 생각할수록 어려워졌다.

　그러나 '일단 쓰기 시작하자!' 면서 먼저 '테마'를 생각했다. 작품은 무엇을 말하려 하는가? 절대 공감의 진도 사회상, 역사상, 인간상의 이슈를 찾아내야 했다. 그러면서도 감동이 있어야 된다.

　소재는 아무래도 주변의 섬들과 유교 농촌사회 현장에서 찾아야 했다. 변화 속에서 체험하는 사회적 충격이다. 멀리 보내는 편지 대신 전화가 생겼고 이동 영화반이 돌아다닌다. 무엇보다도 이해가 안 되는 것은 텔레비전이라는 또깨비 궤짝이었다. 지금까지의 생각이나 소유한 모든 것들을 다시 살핀다. 어떤 독특한 이야기를 쓸까? 특이한 현장의 특별한 이야기 등을....

　해묵은 진도 말을 생각할 때면 어린 시절의 증조할머니가 떠오른다.

진도읍 소포동이 친정인데 목소리도 크고 힘이 장사였다. 옆집 인웅이네 할머니는 진도읍 '산넘에'(산월리) 분이고 어머니는 군내면 용장리였다. 아랫집 종복이네 어머니는 의신면 연주리, 우리 집 바로 밑에서는 진도읍 수역리 연일네 어머니가 살았다. 그 아랫집에는 임회면 고산리에서 오신 우리 작은할머니가 계셨다. 그리고 우리 어머니는 진도읍 동외리 사람이다. 주변 분들로부터는 남자들보다도 여자들의 말을 많이 듣게 되었다.

나의 방언은 이분들의 것이 80%인데, 증조할머니가 35%, 어머니 아버지 35%에 나머지 10%가 이웃분들의 것이라 믿어진다. 그리고 20%는 제사와 명절을 포함하여 집에 오시는 할머니 할아버지들과 손님들 그리고 내가 마을이나 학교에서 들어 온 진도말들이다. 역시 증조할머니와 부모님의 것이 70%를 차지한다고 보겠다.

따라서 나의 진도말은 1880년대부터 1960년까지 진도읍 위주의 것들이다. 즉 증조할머니의 성장기로부터 어머니를 사이로 두는 나의 중학교 시절까지의 나에게 축적된 진도말이라 하겠다. 이후에 들려온 말들은 나의 진도 텃말에 거의 영향을 주지 못했다. 따지자면 한 사람의 언어는 15세쯤까지에 형성된다고 보겠다.

중2 때 화순에선가 전학 온 친구가 '거시기'라는 말을 자주 썼지만 나는 그 말에 거부감을 느껴 지금까지도 써 본 일이 없다. 진도말이 아니기 때문이겠다. 또 그 친구는 '-했는데'의 어미 '데'를 '디'로 말하여 '-했는디'라 했다. 이 말은 진도향토문화회관에서 공연한 강준섭 다시래기 보유자의 창극에서 자주 듣는 말이었다. "그랬는디-!" 들을 때마다 속으로 "그랬는데-!"로 고치라고 말해줘야겠다면서도 못하고 말았다. 역시 그분도 평생 하던 것을 고치기가 어려울 일이겠다 싶었다. 그럼에도 관객들은 그것을 '진도 말'로 여길까 하여 마음에 걸렸던 것이다.

진도 방언 연구는, 구 진도중학교 국어 교사였던 의신면 출신 김명윤 선생님이 평생 수집 정리하다가 방언사전 작업을 끝맺지 못하고 돌아가셨다. 이후 목포대학교 김웅배 교수와 이기갑 교수가 인근에서 진도말을 조사 연구했다. 또 서울대학교 왕한석 교수가 조도방언의 언어인류학적 조사로 '조도 언어민속지'(『한국의 언어 민속지』 전라남북도편, 2010년 서울대학교 출판문화원)를 만들었다. 그리고 전남대 조선대를 비롯한 여러 대학 교수 학생들이 현지조사를 다녀가기도 했다.

진도에 살면서 평소 생각나는 대로 이를 메모 정리했던 분들은 향토사 차원에서 모아두었다가 결국 버리게 된 일들도 많았을 것이다.

지금도 박병훈 전 진도문화원장이나 임회면 출신 주광현 시인처럼 새로운 단어를 접하면 바로 적어 두면서 이미 발간된 자료에 대한 수정 보완을 제기하는 분들도 있다. 정확한 진도말을 주장하는 자세가 존경스럽다.

2014년 진도읍 송현리 출신 조병현 재경 향우가 자기 어머니의 진도말을 더듬고 주위 향우들의 기억까지를 모아서 진도사투리 용례사전을 진도문화원 사업으로 펴냈다. 중요한 진도사투리 정리작업을 한 셈이다.

진도말의 작품화를 위한 나의 작업에는 뿌리깊은 나무 민중자서전, 『"에이, 짠한 사람" 내가 나보고 그라요』(1992)로 세습무 채정례의 생애사를 진도 방언으로 채록한 것도 있다.

이후 2018년 진도문화원이 전라남도 지원으로 진도군 7개 읍면 주민들의 특별한 이야기를 채록한 기록화 작업을 통하여 다양한 진도 방언을 영상과 3권의 책 『보배섬 진도설화』로 수집 보전할 수 있었다.

이어서 한국문화원연합회 2021년 지역문화콘텐츠 개발사업의 일환으로 문화체육관광부 지원을 받아 『섬사람들의 기억과 추억 : 조도편』을 제작하여 조도면민들의 특별한 체험을 생생한 방언으로 영상과 함께 기록했다.

진도말의 문학작품화 시도는 1986년 이후의 작업이었다. 보리 볶는 날(1986년), 복실이 깎금에서 죽다(1986년), 살무새(1987년), 얼척없는 시상(1987년), 할몸은 알랑가 모루겄다(1987년), 축귀굿(1989년), 따땃한 눈물(1990년), 갓(1992년), 부러진 빼딱(1997년) 등이며, 서촌 간재미(방언수필 1991년)가 진도문화원보 「예향진도」에 수록되었다.

또 『지방의 국제화를 주장하는 진도사람들』(계간지, 발행인 박주언)에 자랑단이, 당나무 젙에서 죽다(1993년), 서울 매누리(1993년), 물레 소리(1994년), 도독놈 소굴(1995년), 갈쿠나무(1996년), 등대섬 약속(1997년), 미역섬의 마지막 사랑(1998년), 구멍독거 할몸의 맴생이 꿈(2004년) 등이 실렸다.

이들 단편을 한데 묶었다. 그러나 욕심대로 한다면 전반에 걸쳐 사용된 진도말에 대한 해설이 뒤따라야 했고, 수시로 나타나는 민속자료에 대한 설명을 붙여야 온전한 진도방언 이해의 측면에 부합하겠다. 그러나 올해 진도군 문예창작지원금 범위를 벗어나지 않기로 했다. 너무 큰 작업이기 때문이다.

진도방언을 인류문화유산의 소수언어 측면으로 정리하면서 작품에 나오는 각종 민속을 제대로 풀이하는 일은 반드시 해야 할 과업이기도 하다. 진도의 독특한 소재들을 찾아 작품화하는 노력도 계속해야 한다.

나이는 많고 할 일은 더 많다. 밤낚시로 꼬박 날을 새고 난 다음 날의 낮잠이며, 남의 바둑 구경으로 보낸 시간을 생각하면서 후회하는 것도 그나마 약이 된다. 그러다가 커피 한잔하는 것도 약이 되겠다.

양정재 종가에서
박주언

차례

머리말 5

자랑단이, 당나무 젙에서 죽다	15
따땃한 눈물	23
얼척없는 시상	27
귀가歸家	33
갓	41
할뭄은 알랑가 모루겄다	49
구멍독거 할뭄의 맴생이 꿈	57
서울 매누리	69
복실이, 깎금에서 죽다	79
도독놈 소굴	85
갈쿠나무	93
등대섬 약속	103
축귀逐鬼굿	119
물레소리	129
미역섬의 마지막 사랑	135
쇠비땅	153
부러진 빼딱	157
살무새	171
<진도 방언 수필> 서촌 간재미	177

부록 1. 「서촌 간재미」에 보이는 진도 방언   185
부록 2. 진도방언해설   189

자랑단이, 당나무 곁에서 죽다

또깨비불은 뻴가잦에 피라다. 그 불은 날라댕기기도 하고 땅 우게로 돌아댕기다가 카만이 있기도 한다. 낮에 나오는 또깨비는 낮또깨비이고, 사람을 덮어씨는 놈은 첼또깨비인데 그 놈덜이 어찌께 생겼는지를 잘 모릉께 보통 헛것이라고 부른다. 그란데 귀신은 다르다. 생긴 것이 사람하고 꼭 같아서 놀래게 항께, 아무나 보고,

"니가 귀신을 만날래, 또깨비를 만날래?"

하먼, 팽야 암도 안 만나고 잡다고 그라겠제마는 「그랄 수는 없다」고 할 적에는 「차라리 또깨비를 만나고 말제 귀신은 안 만나고 잡다」고 그랄 것이다.

또깨비는 장난을 치는 경우가 있어서 사람덜이 가그덜 얘기를 함시로 웃을 때도 있제마는, 귀신은 언새끼 곁에 와서 사람같이 말도 하고 앉어 있기도 항께, 귀신을 만난다 치라먼 머리터럭이 모도 일어날 듯 쑥긋해 지고 납부닥 살이 딴딴해짐시로 두 다리에 심알탱이가 넙턱지까지 없어져 후들후들 떨게 된다. 그라고, 귀신은 대개 죽은 사람이 나온 것이라 잠자고 있는 방 안에 서 있기도 하고 외딴 집이서 만나게도 된다.

하여지간에 또깨비한테는 그놈덜, 가그덜, 저놈덜 요케 말도 하제마는 귀신한테는 귀신같이 아까 무성께 함부로 말을 못하고 두 눈 똥구레갖고 몸조심을 할 수밲에 없다.

해가 서산을 다 넘어가기 전보탐 산넘에 동네 사람덜은 귀신이 잡어가까 무성께 방안에서 오무락딸삭을 안하고 있었다. 그 사람덜은 바람소리도 귀신소리로 알고, 개덜이 즈그덜까지 장난하다가 되게 물어불 때 깽깽게리는 소리도 「그 귀신이 엄마나 무서먼 개덜도 저케 놀래겄냐?」고 이불을 덮어쓰기도 했다. 집집마다 통새 갈 때도 혼자는 못 가고, 둘이 가갖고 한 사람은 문에 지대고 서서
 "당 멀었냐?"
하고 물으먼 안에 있는 사람은 「독촉해쌍께 더 늦어진다!」고 함시로 가불지 마라고 또 부탁을 한다. 어뜬 집은 식구덜이 전부 한꾼에 가기도 했다.
 그래서 동네에 개 짖는 소리가 나먼 모도덜 시방 저 개덜이 틀림없이 용칠네 집을 보고 짖는다고 믿었다. 그라고 지끔도 그집 가찹게 가먼 그 귀신소리가 디키고 피란 불이 간혹 뵌다는 것을 다 알고 있었다.

나흘 전 일이었다. 밤에 그 집 앞을 호진이가 지나는데 요상한 소리가 디켜서 우뚝 서서 들어봉께
 "으이그 추어라—! 으흐흐흐 추어라—!"
하더라는 것이다. 그 집서 사람이 산다먼 몰라도 빈 지가 여섯 달이나 됭께, 대낮에도 귀신 나올락 해서 기분 안 좋케 지내댕기는데, 오밤중이라 진짜로 문제가 되았다. 그저께 밤에는 두 사람이 귀신소리를 듣고 피란 불을 보았다고 한다.

그 집서 살던 자랑단이 오산네는, 물에 빠져 죽은 즈그 씨엄씨가 들어서 아픈 적이 있었다. 그래서 점도 하고 굿도 하고 병원에 댕기다가 그 작저작 낫어분 일이 있었는데 그 당시 씨엄씨 귀신이 내리먼 오산네는

"으이그 추어라—! 으흐흐후 추어라—"

하고 이불을 덮어 썼었다. 그것은 씨엄씨가 저실에 물에 빠져 죽은 귀신이기 남새 그랬다. 오산네 별명이 자랑단이였다. 하도 새끼덜 자랑을 해 쌓게 붙여진 이름이다. 놈덜이 오만상을 찡그려도

"웜매, 우리 큰아들은 요참에 지남철 요를 삼백만원을 주고 샀다. 그라고 우리 작은놈은 자동차에다가 전화를 달었닥 안 하요? 극케 돈이 남어돌먼 나나 잔 주제, 밤나 나보고 서울서 살자고만 그라까? 하기사 가먼 호강할랑 거이제마는."

하고 자랑하는 일이 농사일보담 큰 일이었다. 그람시로도 서울로 안 가고 환갑까지 살다가 여섯 달 전에 큰아들을 따라 서울로 이사를 했다.

논밭 다 폴고 깎금도 폴고 나서 집도 폴락 했는데 살 사람이 없응께 비어놓고 올라갔다. 큰아들 용칠이는 감시로 동네사람덜한테 요케 말했다.

"소나 한 마리 잡어서 잔치를 해드릴락 했는데, 낼 집을 한 채 또 사는 계약이 있응께 기양 갑니다."

그랑께 즈그 엄매 자랑단이는

"우리 아들이 서울서 일곱 번짜로 부자라고 놈덜이 그랍디다. 모도 서울 오면 전화하쇼. 촌에서 고상하는 사람덜 누가 대접하겠소. 아들하고 나하고 해사제."

라고 끝까장 자랑을 함시로 떠났었다. 동네 사람덜은 그것이 허풍인 줄 암시로도 오산네를 놈 모루게 부러한 것은 사실이다.

사람 살던 집에서 사람이 나가불먼 개덜이 드낙거리고 뭣보담도 쥐덜

이 쥔이 되아부는데, 즈그 하랍씨 때보탐 살던 초집에다 지붕만 스레트로 씨어논 그 집은 여섯 달이 지낭께 금방 짜그라질 것 같이 보인다. 그란데 요새 그 집서 귀신소리가 나고 피란 불이 간혹 뵌닥 항께 동네가 왈칵 뒤집어져 온통 무섬정에 떨고 있다.

　동네사람덜은, 웃대 조상님덜 묏을 추석에도 벌초를 안 했고, 닷새 전 날이 그 씨엄씨 지삿날인데 고 다음날보탐 귀신이 나온 것은 아매도 지사를 안 모셨던 탓이라고 입을 모됐다. 그랑께 씨엄씨 귀신이 나와 한을 풀고 있다는 설명들이었다.

　날이 새자 또 요런 얘기덜이 떠돌아 댕기고 있었다.
　"엊저녁에는 밤 늦게 장심 신 용선이 하고 선무가 그 집에 뭣이 있는 가 볼라고 갔는데, 지시럭 밑에까장 가도 아무 소리가 없더니 뜰 우게로 올라성께는 「으이그 추어라—, 으흐흐흐 추어라—!」 함시로 우는 소리가 낭께 엄마나 놀랬능가 달리기 시작한 것이, 동네로 안 오고 생이집 있는 데로 갔다가 또 놀래 갖고 지구다나 왔더라."
　"귀신은 이녁이 죽은 그 당시를 생각항께 저실에 갱물에 빠졌을 때같이 극케 춥다고 그래싼다."
　여자덜이 요런 얘기를 줏어시어쌀 때 풍단이 월강네가 눈이 옥금해 갖고 고개를 돌려쌈시로 말했다.
　"나는 죽은 씨엄씨를 물에서 건질 때 봤는데 웜매 웜매 고캐도 무서까! 머리는 산발하고 입을 벌리고 있는데 카만이 딜예다 봉께는 쎗부닥이 없습디다!"
　보통 때 같으면 요 말을 듣고 〈먼 병한다고 죽은 사람 입속을 딜예다 봤냐고〉들 그랬겠지마는 하도 무성께 암도 그런 말을 못했다.

열 시 반이나 되아서 마이크소리가 초저실 매운 바람 속에서 윗소리를 쳤다. 〈지끔 마을회관에서 회의를 하꺼잉께, 한 집도 빳지말고 나오쇼—!〉 사람덜은 뭣땀세 그라는지를 알고 모태서 회가 시작되았다. 이장 시단네 아배가 앞에 나가서 말을 했다.

"나는 원래 무섬을 안 타는 놈이요마는, 우리 친구 용칠이 사장네 물에 빠져 죽은 함씨가 귀신이 되아갖고 와서 쩌가 저라고 있응께, 여러분덜이 무서 죽게 되았습니다!"

이장은 유리창 넘에로 자랑단네 집을 돌아다보던이 침을 꼴딱! 샘키고는

"저 귀신 함씨를 잘 모셔야 됩니다마는 하도 모도덜 무서무서 항께, 그랑께 어찌께 하먼 쓰겄소?"

하고는 자랑단네 씨엄씨 우는 숭내를 내 볼라다가 말았다.

모도덜 한참 말을 안 하고 있었는데 느닷없이 선무가 〈동네사람덜! 여러분!〉 하고 소리를 빼락 지릉께, 여자덜은 놀래서 서로 보둠었다.

"내가 엊저녁에 봉께는 십년 전 물에 빠졌을 때 입었던 허간 고쟁이를 입고 있었는데, 그란데 웃옷은 없어져불고 웃통을 할딱 벗고 있습디다!"

요 말을 또 항께 사람덜은 서로서로 납부닥을 번갈아 봄시로 놀랜 장닭 눈이 되았다. 요케 대고 무선 말덜만 하고 있응께, 당나무 젙에 사는 김영감이 나서서 가닥을 잡어주었다. 우선 귀신을 달래서 보내사 됭께 상을 채리고 매굿도 쳐사 쓴다고 말했다.

오후 두 시, 모든 준비가 끝나고 귀신이 나오는 그 집이로 출발했다. 한 집도 냄겨논 사람 없이 동네사람은 죄다 나와서 회관이 안팎으로 빡빡했다. 질로 앞에 엄나무를 든 두 사람이 서고 제관 김영감하고 집사 이장, 매굿패, 밥냄비, 국냄비, 과실, 술, 노물이 뒤따르고 바닥에 깔 짚

두 뭇과 짓상이 간다. 그 뒤로는 동네사람덜이 농악소리에 심을 얻음시 로 걸어가고 있었다.
　아그덜은 쪼깐 있으민 귀신 납부닥을 볼란지 모릉께 무섭시로도 엄매 나 함씨 손을 꽉 잡고 걸음을 재촉했다. 잘 먹고 잘 살게 된 자랑단이하 고 납부닥에 지름이 질질 흐르는 즈그 아들, 못 먹고 못 입고 삼시로 갱 번에 꼬시락 뜯으로 갔다가 물에 빠져 죽은 즈그 씨엄씨, 그라고 귀신이 되어서 빈 집을 지키는 씨엄씨를 시방 동네사람덜은 걸어감시로 번갈아 생각했다. 물론 오늘 고산가 굿인가를 하고 나민 인자 안 나올 것이라는 점도 생각하고 있었다. 암도 말이 없다. 부는 둥 마는 둥 해도 바람은 맵고, 당나무 끄틋머리 잔가지가 다 보일 만큼 눈은 띄엄띄엄 내리고 있 었다. 자랑단네 새꼽에 도착한 매굿패는 사람덜이 거지반 올 때장 굿 을 쳐댔다.
　굿소리가 끄치자 이장이 크게 말했다.
　"집에 산고 든 사람덜, 지사 모실 사람덜, 그라고 댜지나 소, 개가 새 끼 날 달인 집은 요 새꼽 안이로 들어오지 마는 것이 좋을 성 부릉께 내 말대로들 하이쇼-!"
　모도덜 무섭고 추운께 몸을 새린 채로 떨었다. 김영감은 마당에 짚을 깔고 상을 핀 담에 이장 보고 음석을 채리라고 말했다. 귀신이 나타난다 는 큰 방은 조용했지만 귀신이 머리를 풀고 창문을 발로 참시로 튀어나 올지도 모른다는 생각이 사람덜 눈에 역력했다.

　고사가 시작되았다. 김영감이 짓상 앞에서 물팍을 꿇고 앉은께 집사 이장이 술잔을 채워 상에 놨다. 절을 두 번 하고 난 제관 영감이 축문을 읽었다. 마당을 매군 사람덜의 눈이 대고대고 커지는 것 같았다. 축문을 읽고 나서 귀신한테 또 빈다.

"용칠네 함씨! 우덜이 이전보탐 좋케 살어왔는데 먼 일로 밤마다 나오심넌쟈? 당신이 갱번에 나가 발을 헛디뎌서 빠졌을 때도, 자랑단이 하고 우덜이 모도 나가 건져서 초상을 안 치렀슴넌쟈? 지발 극락천도 하시고 우덜을 잔 팬하게 맹길아 주이쇼—!"

그라고는 소지를 했다.

창호지에다 쓴 축문은 불이 붙자 높이 올라갔다가 바람에 날리더니 묘하게도 방 쪽이로 가갖고 창살에 착 붙어서 안 떨어지고 있었다. 그 회색 종우 재는 꼭 귀신 붙은 것 같었다. 물팍을 꿇고 소지를 하던 김영감과 이장은 물론 모든 동네사람덜이 그것을 봄시로 눈하고 입하고를 크게 벌렸다.

고 때였다. 창문 뿌사지는 소리가 남시로 방문이 훨쩍 열리더니 허간 옷을 입고 머리를 산발한 귀신이 반침에 엎어진다. 순간 모도덜 악! 소리를 냄시로 서로 보둠고 땅바닥에 주저앉어뿌렀다. 귀신은 움직이지 않고 그대로 엎져 있었다. 사람덜도 머리를 땅에 박고 기절했는지 그대로 있었다.

요 때 단 한 사람, 제관 김영감만이 이상하다는 생각을 하기 시작했다. 언뜻 본 귀신 납부닥은 분명 자랑단네 씨엄씨가 아니었다. 어짜먼 아들 따라 서울로 간 자랑단이인지도 모른다. 그 영감은 조심이 일어나 귀신한테로 가만가만 걸어가기 시작했다. 발을 멈췄다. 그라고 귀신 어깨에다 손을 연짐시로 입을 열었다.

"용칠네 엄매, 자랑단이!"

용칠네 아배가 배 까바져서 죽은 뒤로 혼자 사는 그 여자를, 이녁이 이장 할 때 거름 반 포대썩이라도 생각해 주었던 이전 지전 기억이 핏떡 떠올랐다. 귀신은 애럽게 고개를 들락 함시로 손을 내밀어 뭣인가 잡고 잡어 했다. 그 손을 잡어 줬다.

 "우리 새끼덜이 나를… 차에 실어다 내부러서…. 나는 죽어도… 당나무 젙에서 죽고 잡었어라…"

 차디찬 자랑단이 손에 마즈막 기운이 모태지는 모양이었다. 김영감은 뺏뺏한 예팬네가 기운도 시다고 생각함시로 〈당나무 젙에서 죽고 잡었다〉는 자랑단이의 마즈막 말 뜻을 알아채렸다.

 홀엄씨로 살아온 진— 세월 동안 자랑단이가 이녁을 좋아했고, 서울서 안 죽고 여그까장 찾아왔다는 사실이, 영감 살 빠진 가심 속에서 찡—하니 틀어올라 어깨를 타고 뚜껀 손바닥까장 작은 떨림으로 흘러내렸다. 「멍청한 예팬네, 새끼덜 자랑만 말고, 당나무 젙에서 살고 잡다고 한번 말이나 해보제!」 하고 생각함시로 삼년 전 할몸이 죽을 때도 요케 손이 차디 찼다는 것을 기억했다.

 동네사람덜이 불쌍한 듯 쎄를 톡톡 참시로 자랑단이의 시체를 둘러쌌다. 눈송이가 더 굵어진다. 수 백 살 먹은 당나무가 눈 속에 희미하다. 그 젙에 혼자 살고 있는 김영감네 집도 조용히 눈을 맞고 있다.

 김영감은, 죽고 살고 산님에 동네를 찾아왔제마는 새끼덜 행오지가 하도 하도 앙통하고 낯 뜨겁게 문밖을 못 나서고, 쎗부닥 꽉 물고 죽은 자랑단이가 무쟈게 장하다고 생각했다. 그라고 고케 튀미했다고 생각함시로, 목구멍에 까시 같은 것이 걸려 있어 목이 꽉 맥히는데 자꼬 눈물이 쏟아질락 하는 것을 느꼈다. 그라고 할몸 죽어 삼오제 모시던 날 밤, 인자보탐 홀애비가 되어서 논 가운데 서 있는 허새비 같이 혼자 집을 지킴시로 사는 신세인 것을 실감할 때, 밑도 끝도 없이 자랑단이 납뿌닥이 이뿌게 떠올랐던 사실이 있었음을 기억해냈다. 자랑단네 씨엄씨가 죽던 날도 요케 눈이 포실 포실 오고 날이 이상 추었다.

〈끝〉

따뜻한 눈물

　마당 한핀짝에서는 소빼딱을 옇고 낋이는 듬북국 솥에서 허-간 짐이 모랑모랑 피어오르고 있었다. 첨 본 사람덜이 모태쌍께, 백구는 짖다짖다 망단해 인자 심이 팡졌는가 도구통 옆에 앉어서 눈만 꿈먹거렸다. 집 안에는 사람덜이 기바구리 엎어논 것 같이 북적북적했다.
　상두꾼덜은 지청 앞에 덕석 넛을 아구 맞춰 펴놓고, 뜨건 듬북국에다 되야지 비게 몇 점에 막걸리까지로 식사를 마친 다음 떠날 채비를 하고 있었다.
　동관제動棺祭가 모셔진다 치라면, 오 영감은 지금까지 살던 집을 영영 떠나 다시 올 수 없는 저승으로 가게 된다. 집사가 큰 방이로 들어간 뒤 쪼깐 있응께 축문 읽는 소리가 디켰다.
　「今遷柩就輿敢告(금천구취여감고)—!」 인자 관을 생이로 모싱께 그리 아시라는 뜻이다.
　집사하고 원상자 명수가 방에서 나온 담에 뜰 밑 지청에는 메가 다시 올려진다. 집에서 잡수는 마지막 밥상인지라 마포 상복을 입은 큰아들은 울고잡은 표정이로 생선이나 과실 노무새를 빤듯이 손봤다. 집사 당숙이 보깨뚜껑을 열고 삽시를 했다. 향로에 향나무 쪼각을 옇고 영기가 퍼지게 하더니 잔을 올리고는 지자리로 물러나 고개를 숙이자, 온 식구덜이 일어났다가 땅에 엎짐시로 울음바다를 맹길았다. 모도덜 쪼깐 있으면 선산 차디찬 땅 속이로 들어가는 이별을 슬퍼한다.

요때였다. 쩌 뒤쪽에서 묘한 소리가 디켰다.
"이 염병할 놈아—! 나는 어짜라고 죽었냐, 우엄매 우엄매 내 팔짜야—!"
곡을 마치던 식구덜이 돌아봉께, 웃동네 성국이네 엄매 옻밭네가 땅바닥에 앉어서 땅을 침시로 대성통곡을 한다. 웃는 것같이 움시로 고개를 뒤로 재쳤다가 앞이로 떨쳤다가 하고 있었다. 납부닥이 뻘가니 술을 원 없이 퍼마신 모냥이다.

놀랜 집사가 그 쪽이로 가기 전에 젙에 있던 상두꾼덜이 달라붙어 일셔시자, 그 여자는 눈물 콧물이 범벅진 납부닥에다 손을 갖다 대더니 코를 「텡—!」 하고 풀어서 암찌께나 팽개쳐부렀다. 옆에 사람덜은 코에 맞으까 무서서 얼른 엎지고, 모든 눈덜이 똥그래갖고 코를 따라 올라갔다 코하고 같이 내래왔다. 다행히도 코는 땅에 떨어졌다.
누구나 할 것 없이 큰일 날 뻔했다고 생각함시로 눈을 검쳤다. 그 예팬네는 막캥이 같이 어거지를 부렸다.
"사람이 죽어서 서렁께 우는데! 한번 가면 다시는 못 옹께 서런데, 어째 시방 나를 몰아낼라고들 달라드능고? 나 잔 울라. 원 없이 잔 울고잡으요—. 염병할 놈아—!"

지청에 엎진 식구덜이 전부 고개만 뒤로 돌리고, 대목에 웬수를 만났다고 긍개람 먹은 표정을 지었다. 식구덜 속에 있던 오 영감네 할품은 안색이 노래졌다.

「언제 저 돼아지 같은 예팬네를 건들어서 요케 쏘를 만드까? 하는 행투를 보면 한두 번 건든 것도 아니여!」 하고는 죽은 영감 사진을 힐가니 쏘아보더니 가심을 침시로 정재로 들어가부렀다.

요때 언새끼 알었능가 아들 성국이가 나타났다.

"엄매, 어째 이라요? 여가 어딘데 요런 실수를 하요!"

엄매는 아들한테 끼꺼감시로 악을 썼다.

"실수? 그놈이 죽었는데 내가 안 울면 누가 울것냐—! 놔라 놔!"

성국이네 집은 조용해졌다. 이빨 갈고 코를 곰시로 니 활개 쩍 벌리고 반 시간쯤 자고 난 옻밭네는 누운 그대로 눈만 꿈먹게렸다.

그 여자한테는 잠잘 때나 쉴 때나 눈만 뜨면 사진이 빤드시 보이도록 눕는 자리가 따로 있었다. 방 가운데 장판을 잇어놓은, 시방 누워있는 그 자리다.

죽은 영감은 언제고, 그랑께 사진이제마는 혼자 남은 할뭄이 앉으나 서나 누우나 문을 열 때나 언제고 헛눈 안 폴고 바라봐 준다. 옻밭네한테는 요러한 영감이 엄마나 고마운지 모른다.

동네사람덜은 극케도 야물던 여자가 서방 죽은 뒤로 맥알캥이가 빠져부렀다고 말했다. 논에 물을 댈 때도 하도 야물딱시럽게 악을 써쌍께 모도 〈야물이〉라고 했는데 인자는 죽탱이 같다고 〈죽심이〉로 바꿨다. 그래서 사람덜이 액상해 했다. 그래도 술을 많이 마시고 취했을 때는 숨은 악이 살아나서 오눌도 실수를 한 것이다.

사진을 뚫어지게 쳐다보던 눈을 감자, 넓죽한 납부닥 양쪽 귀 있는 데로 눈물이 스르르 흘러내랬다. 옻밭네는 눈물이 따땃하다는 생각을 함시로 정신을 채랬다. 오목가심 쩌 속에서 디키는 말이 있었다.
「염병할 놈, 나는 어찌께 사라고 죽었능고······」

큰재 고개로 생이가 올라가고 있었다.
"가—나암 보—살!"
"북망산천이 어디메요?"
"가—나암 보—살!"
생이 니 귀탱이에 달린 종우꽃하고 축 처진 지전이랑 뒤를 따르는 만사 행렬이 동남풍에 크게 휘여지고 있었다. 동남풍이 불먼 비가 온다고 그란다. 비오는 날은 사진을 초아다보는 날이다.

〈끝〉

얼척없는 시상

 각씨한테 디-지게 욕을 얻어 먹고 나서 여죽 없응께 뒤엄통 앞에 황소한테로 갔던 종부는 오장이 상해 있었다.
 거그 서서, 비 맞은 중 두룽거리대끼 입을 딸싹딸싹하던 그 배깥양반은 「소팔짜가 상팔짜」라는 말을 생각했다. 암놈이 들들 볶으기를 하까, 새끼덜 킬라고 서둘기를 하까, 성가신 일이 있어서 납부닥을 찡그리기를 하까, 팔짜는 소 팔짜가 질-인 것 같았다. 이전 같으면 가실 곡석이나 철나무까지도 먼 데서 끅고 왔제마는 인자 기계가 다 해중께 할 일이 밸로 없는 좋은 시상이 된 것이다.
 그러나 저러나 지금이 소 팔짜 생각만 하고 있을 때가 아니라 지 팔짜가 코앞에 있다는 것을 그는 깜짝 놀래 알어채랬다.
 「우리 하랍씨 같으먼 저런 각씨를 어찌께 해부렀으까? 하랍씨는 작은 각씨가 둘이나 되았제마는 눈 한번 굴리먼 함씨가 부서터짐시로도 말을 잘 들었는데 나는 뭐시여? 누가 서방이고 누가 각씨여?」
 그는 저 소 같이 코뚜리에 묶어 논 것이 지 팔짜라고 믿었다. 상팔짜라는 말은 말 그대로 말이고 사실은 소말뚝에 묶어진 깨피하고 양 콧구멍에 박달나무 코뚜리를 끼어서 그것을 깨핏줄로 묶어논 소 신세가 낙

착 없이 꼼말 잽힌 지 신세라는 것을 알고는 오목가심이 콱 맥혔다.

시방같이 오장이 뒤집어졌을 때는 댐배를 한 대 피고 잡제마는 성냥을 가질로 도구통 앞이로 해서 정재로 가사 되는데, 거가 각씨가 있다는 깨득을 함께 뭣이 탱자같이 오구라들었다.

인자 새끼덜 낳고 삼시로 본갈림하기도 애럽고, 기양 이대로 살자니 애 터지고, 새끼덜까지 각씨 따라서 압씨를 우섭게 아니, 말대로 한다먼 짤라서 개 줘야 될 성 불렀다.

배깥양반은 그러견에 돌아가신 엄매하고 각씨를 나란이 안체 놓았다고 생각해보고는 「먼 노무 시상이 욕케도 범벅이 된 시상이 있으까? 배깥양반 체신머리가 요래사 쓰까?」 하고 속이로 앓는 소리를 했다. 그라고는 눈을 감고 집사람을 만난 첨보탐 지금까지 범벅이 되는 요 시상 가닥 가닥을 잡어가기 시작했다.

「자! 우리 동네 써운네 고모가 내너리로 시집을 갔고, 고 넘에 바굼섬 구장네 딸이 있는데 극케 얌잔하고, 보지란하고, 이정시럽고, 속이 좋고 그라고 이쁜 데는 없어도 귄이 있다고 장에 올 때마다 집에 들러서 오만 자랑을 다 해쌌었다.

귀가 옥은 우리 엄매가, 신문에 광고 내고 매누리를 골를 것 같더니 몽올주사를 맞은 대끼 맥을 못 쓰고 넘어가서 나를 들들 볶음시로 거그다가 있는 말 없는 말 보태갖고 장개를 가라고 졸랐었다.

선보로 갔을 때만 해도 나는 배실한 사람같이 모가지에다 심까나 주었고, 그 큰애기는 얌잔 빼고, 여러서 고개도 못드는 것 같이 쌩 병을 앓고 있더니, 기연이 몇일을 천장에서 아롱아롱 하는 통에 나를 몸살 나게 맹길았다.

결혼을 하고 나서는 이상 살림까나 하고 집사람으로 서방 말씀을 잘 듣는 것 같어서, 저녁밥 먹기가 무섭게 전기세 많이 나옹께 불 끄자 해 놓고는 이뻐해중께, 요것이 쌀-쌀 사되아갖고는

"쭙박 잔 갖다주쇼, 옴박지 잔 들어주쇼"

하던이 기연이 첫애기 낳기 전에 걸레까지 뽈게 했다.」

그는 눈을 감은 그대로 계속 가닥을 잡어갔다.

「그라고 나서 아들을 났다고 그랬능가. 시 이렛 동안 드러누워서 나를 시케 먹던 행사가 확실히 버르쟁머리가 되아부렀다. 큰놈이 이상 짱짱 하게 설 때, 그랑께 엄매가 방바닥에 누워서 그 손지놈을 배 우게다 올 래놓고는

"망게 갔다가 왔능가, 징게 갔다가 왔능가-?"

함시로 말타기를 해줄 때쯤인데 그때가 춘삼월 밤이제? 누워서 내가 뻗치닥 항께

"그라먼 내가 한 번 올라 가보라?"

하고 급살 맞을 소리를 했었다.

그란데 급살은 내가 맞어사 싸! 먼 병한다고 그래보라고 그랬등고?

그 뒤로는 나를 내래다보던 그날 밤의 집사람 납부닥이 밤이나 낮이 나 무섭정 들게 아롱게렸다.」

집주인 종부는 눈을 뜨고 정재 쪽을 봤다. 각씨는 안보였다. 그래서 다시 눈을 감었다.

「그 담에 머리 볶으는 기술을 배먼 돈을 번닥 함시로 광주 언니네 집 이서 꼽박 두 달을 학원을 댕기고 왔다. 할 수 없이 작은 방죽굴 논 시 마지기를 폴아서 미장원을 차래 주었더니 생각보다는 돈벌이가 좋았다.

한 해가 되던 날, 그해 미장원 돈 번 것하고 내가 스무 마지기 농사진

것하고를 나란이 엎져서 두 다리 뻗대고 수판질 해붕께, 농사진 것이 앤통 떨어졌다. 각씨하고는 한꾼에 할 것이 따로 있고 안 할 것이 따로 있는데, 그날 계산을 같이 해 본 것이 병이었다. 요것이 나를 아주 쩌알로 내래다보는 것 같았다.

엄매가 돌아가신 다음 늦가실 어느 장날이었다. 전기불은 껐제마는 잠들기 전, 내가 발동이 걸렸던 성 부른데 다리를 올리먼 차불고, 올리먼 차불고 하던이 그 캄캄한 데서 양철동우 떤지는 소리로, 하루지 일하고 다리가 빠질락 하는데 뽀짝거린다고 비게로 나를 때래부러서 코피가 났던 일이 있었다.

죽을 때 죽더라도 피라는 것은 솔찬이 아깐 것인데 그것을 헙씬 흘린 담부텀은 내가 주눅이 들기 시작했던 성 부르다.

그라고 그 뒤로 오눌까지, 우리 동네 사람덜하고 화투를 치다가 하도 기리가 좋아서 약 대리는 것을 까빡 잊어불고 고개를 젖혀쌈시로 뚜들다가, 다 보타져서 약 먹으로 왔던 각씨한테 디 - 지게 욕을 먹기까지, 큰소리를 못 친다.」

여그서 눈을 뜬 종부는 다시 소를 보았다.

요새는 소가 할 일이 없어졌다. 일은 기계가 해붕께 인자 도살장이로 끽게 들어가서 개기덩어리로 나오는 것이 할 일이다. 종부는 깨득을 했다.

「나도 소나 매 한 가지로 개기덩어리만 던져주먼 되는 신세가 되얐구나!」 하고 한속기를 함시로, 각씨가 돈 잔 번다고 그라능가 인자 안단이 노릇을 하는데 기림책 같은 것들을 딜에다 보고 하더니, 아그덜 보고 「책이 얼마나 좋은 것인지 아냐?」 하고 문짜까지 쓸락 한다. 깨구락지 뭣에 털 난닥 하던이 오만 밸꼴 다 보겄다고 생각했다. 종부는 인자 지가 할 일이란 각씨가 오락할 때 가서 보듬아 주는 것백에는 없다고 장끼가 내래지자 물팍에 힘이 한나도 없어졌다.

양 더숙이가 축 처져있던 집주인은 「내가 죽어부까?」 하는 생각을 했다. 그라다가 뜽금 없이 나온 말이 「안 그라먼 소같이 한번 받어부까?」였다. 그라고는 소를 보았다. 황소가 징을 내먼 도구통도 받어부는데 시방 집사람을 못 받어불먼 저는 디져야 한다고 맘 먹고는 주먹을 뽈깡 쥐고 소같이 눈을 크게 떴다. 시방 쫓아가서 각씨 눈탱이를 갓짐치를 담어불 각오를 했다.

해필이먼 그때였다.

"아부지 - !"

하고 학교 갔다 오는 아들 목소리가 새팍에서 디컸다. 예사 때 같으면 「엄매 - !」 하고 옥 것인데 아심찬하게 아배를 불러준 아들이 엄마나 고마운지 몰라서, 종부는 달래가 아들을 보듬아 주었다.

그렇게 서 있던 배깥양반은 낫낫하게 말했다.

"느그 엄매는 금방 미장원에 각 것이고, 나는 가는굴 밭에 가볼랑께 공부함시로 니가 집 지켜라?"

그라자 아들은 요케 말함시로 품을 떠났다.

"그라면 내가 집을 지키제, 누가 지키겄소?"

종부는 돌아가신 엄매가 집안을 싸잡어갖고 잘 지켜가던 이전하고 시방을 생각했다. 각씨가 나돌아붕께 인자 집사람이라는 말은 가망 택도 없는 소리고, 배깥양반이 두 사람이 되아분 얼척 없는 시상을 헛웃음 쳐봤다.

"오눌도 갓짐치 캥이는 물짐치도 못 담었제?"

이것은 헛웃고 나서 한 말이다.

〈끝〉

[　　　　　　　　　　　　　　귀가歸家 　]

　　상구네 아배 김계장은 아롱아롱한 정신이로 지구다나 눈을 떴다.
　　속은 말 하작 것 없고 목구녕이 따얏따얏 했다. 더숙이가 찌뿌둥하니 죽겄어도 된장국 캥이는 중물러 줄 각씨도 없다. 출근을 해사쓰께 눈을 뽈깡 뜨고 백짝을 봉께는 일곱시 반이었다. 그는 몸뚱아리를 뒤집어 배아지를 깔고 오룬손을 쭉 뻗어서 침대 빼다지를 잡어댕기고는 그 속에다 손을 집어옇다. 쪼깐 맨치작게리던이 사진 한 장을 잡어낸다.
　　사진을 봄시로 뿌석뿌석한 낯부닥이 금방 낫낫해지다가 눈이 잔 개미 침침했던가 두어번 꿈먹꿈먹하고는 또 딜에다 보고는 다시 낫낫해졌다. 니 식구를 찍인 가족사진이었다. 고등학교 일학년 상구가 중학교 일학년짜리 작은놈하고 쩌참 여름방학 때 광주서 왔을 쩍에 가계해수욕장에서 박은 사진이다. 텐트 앞에서, 서방 각씨는 앉고 아그덜은 양옆에 서 있는데 해수욕복만 입고 있응께 모도 오동포동 했다.
　　김계장은 날마디 고 사진을 눈만 뜨면 한 번썩 보고 출근을 한다. 각씨도 저보담 헐씬 더 이뿌게 나왔고 아그덜도 이녁 탁해서 통통하니 살이 쪄, 담에도 가족사진은 요케 깨댕이를 거지반 벗고 박는 편이 더 낫겄다고 생각했었다. 요 시상에 단 넌이백에 없는 식구를 누구보담도 잘

귀가(歸家) 33

살게 맹길아사 쓴다고 맘을 먹고 있응께, 한연 눈만 뜨먼 고 사진을 봄시로 히멀쩡해지는 자신을 추구세 시었다. 물론 요론 착실한 정신은, 각씨한테 듣고 또 들어 듣다듣다 망단한 그노무 잔소리 남세 얻어진 생활교육의 덕택이었다. 사진을 찬찬히 보먼, 김계장은 술에 솔찬이 취해서 시상천지 부럴 것이 없는 모습인지라 그놈을 봄시로 용기를 얻을 때도 많앴다.

『암만 애러도 겉이로는 요케 낫낫하게 살자!』

술은 동창 종호를 만나갖고 그케 퍼마셨다. 닭발 좃은 놈에다 낙지까장 디쳐갖고 쇠주를 니 뱅이나 마셔서 고케도 나자짐막하게 찍어졌던 것이다.

김계장네는 작년에 아그덜을 광주로 전학시켰다. 그라다봉께 각씨도 같이 가서 밥을 해 줘사만 쓰게 되았다. 광주에다 아빠뜨를 사농께 달달이 은행에 집값 내사 쓰고 학비, 용돈, 시 식구 생활비를 대줄라다 봉께는 월급 한푼 안 쓰고 바쳐사라 각씨가 뽀꿀을 안낸다. 둘 있는 아그덜을 전학시킬 때 입저름을 크게 했었다.

"쥐꼴랑지가 아니라 택갱이 꼬랑지 같은 월급만 갖고는 암만 해도 두 집 살림을 하기 애렁께 한 번 더 생각해 보게."

"그라먼 딴 사람덜은 어찌께 보낸다? 당신만 월급 타요? 이계장네는 어짜고 박계장네는 어짜요. 또 곽주사 한주사도 보내는데 우리라고 으째 못 보내라?"

과장 계장덜만이 아니라 직원덜까장도 주서 시어뎅께 할 말이 없었다. 그래서

"아, 조선생네 잔 보게. 옆에서덜 보낸다고 샘이 나갖고 공부도 지질이 못하는 큰딸 도시로 고등학교 보내농께 이학년 여름방학 때 보 머리

에다가 노랑물을 퍼 디리고 안 왔덩가!"

그라자 각씨 목청이 물통 내부치는 소리를 했다.

"노랑물이고 뻘강물이고 큰 바닥에서 살어사 존 서방 만나지라! 그라고 내가 속이 있는 대로 상하요. 박계장 각씨 순단이 잔 보쇼! 간혹 집에 내래오면 엄마나 좋알대는지 아요? 내가 그 자랑단이 땜시 병이 나겄소! 어디 식당 설거지를 함불로 자그덜 광주로 못 보낼납딘쟈!"

요라는 통에, 딱 짤라서 안 된닥 하면 기양 그 자리에서 자빠라저 업고 병원이로 갈 것이 뻔해서 보내기는 보냈는데, 돈이 너머 협박 들었다. 그래서 하나부지가 물려주신 소치선생 팽풍까장 다 폴아 먹었다.

김계장은 돈 드는 일은 한연 멀리하고 한푼이라도 더 각씨한테 보내주다 봉께는 찌심차씸 사람이 병신이 되는 것 같었다. 쩌참에는 오산 삼춘이

"아야, 너는 맨당 밸 볼 일 없는 자리만 차심하는지 삼춘한테 술 한 잔 하자는 말 없드라앙?"

그라시던이 요참에는 서울서 영식이가 즈그 동숭 여을 때 와갖고

"너, 어디 아프니?"

하고 물었다. 그래서 요케 되물었던 일이 있었다.

"내 꼴새가 고케도 어머냐?"

그라자 가 대답은 살만 뚜껍게 붙었제 핏기가 없고 병치레 하는 것 같다는 설명이었다.

『그랄랑 거이제, 내가 골병 안 들먼 누가 들겄냐. 밥하기 성가시먼 안 먹고, 술 마신 담에는 꼭 해장국물이라도 마셔 속을 풀어사 쓰꺼인데 냉수만 퍼 마싱께 사람이 씨시퐁지 같이 속이 푸석푸석 해질랑 거이제?』

그는 침대에서 일어나 수도꼭지를 틀고 냉수를 한 사불 생켰다. 그라

고는 백짝에 붙은 거울을 딜에다 봤다. 보리개떡 같이 푸르둥둥한 뽈대기를 봄시로 입술을 딸싹딸싹했다.

「씨시풍지, 고것도 마통에 껍질까장 썩어가는 놈이다!」 요 소리를 지가 듣고봉께, 요케 살다가는 지 명 다 못 살고 죽겄다는 생각이 들어 느닷없는 무섬쩡이 일어났다. 「내가 언제 죽을지 모룬다. 그것도 잠자다가 디져불란지도 몰를 일이다.」

모둔 문제가 팽야 그노무 아그덜 학교 땜세 그란다. 진도에서 고등학교 보내도 존 대학 팡팡 들어감사 누가 도시로 가락 해도 가겄냐? 선생덜은, 즈그 새끼덜은 배갚에로 내보내고 학생 모집한다고 찌웃거리지마는 노무 새끼덜만 댁고 먼 정성이로 공부시키겄냐는 생각을 항께 뽀작뽀작 성질이 났다. 성질 난 짐에 각씨 생각이 또 났다.

쩌참에 생각해 냈는데, 토요일마당 내래오던 각씨가 올 들어섬시로보탐은 요평계 조평계 치고는 한번썩 걸러딴다는 사실을 깨득했다. 「어디럴 쏴 댕기까? 뭔 일을 하니라고 안 오까? 그라다가 어질병이 지랄병 된다고 각씨 배리는 것 아니여?」 요 방정맞은 생각이 다시 도졌다. 그라나 절대로 그 사람은 안 그랄 사람이라고 고개를 설래설래 젓음시로 봉께야달 시였다.

집을 나섰다. 출근질에서 학교 가는 아그덜을 보먼, 한연 한 식구가 두 집 살림을 안 해사 쓰는데, 학교를 보낸다고 혼자 남은 서방덜이 골병드는 일이 없어사 쓰꺼인데 하고 속이 끓는다. 그라다 보먼 돈은 많이 들고, 그란다고 다 공부를 잘하냐 하먼 그것도 아니고, 월급만 갖고는 가망택도 없어서 너 나 할 것 없이 돈에다가 눈에 불을 쓰게 되고… 성질이 안 날 수가 없다.

농협 앞을 지남시로 펏떡 정신이 들었다. 어저께, 차석 박주사가 돈봉

투를 갸쩜에다가 푹 씨서 옇어 준 일이 떠올랐던 것이다.

"요참 인쇄대 15만원을 150만원짜리로 처리하고, 과비로 50만원 주었구만이라. 광주 아그덜 옷이나 사주시쇼. 남재기 35만원은 오눌 저녁에 회식을 하입시다. 인자보탐 요리조리해서 챙겨 디리꺼잉께 나 하는 대로 놔 두시쇼!"

그저께 출근 전에 각씨한테 전화를 받고 돈걱정을 했는데, 요놈을 송금하먼 살겄구나 하고, 여죽 없을 때 배아지만 뜨뜨 긁고 넘어가대끼 우물우물하고 말었다.

김계장은 죽을라고 뭣이 씌었던 모냥인 자신이 미어서 술을 협박 퍼마서 시방 속이 속이 아니었다. 목구녕이 따얏따얏한 것도, 노래가 아니라 지가 저한테 성질이 낭께 노래라기보담도 악을 썼기 남세 그랬다.

헛반데는 백원짜리 하나 안 쓰고 다 털어 보냄시로, 간혹 업자가 인사로 주는 것까장은 받었지마는 요런 일은 첨이었다. 그것은 순전히 벌 받을 일이었다. 만약 들통이 나면 두말 하작 것이 없다. 물론 다덜 그케저케 살어간다는 박주사의 말이 없었닥 해도 모르는 배는 아니다. 그런 일은 자주 보아왔다.

요런 썸통에서도 김계장은 타고난 바탕이 있어서, 돈을 애끼고 또 애껴 썼제 요번 같이 양심을 뿌리차 대내분 적은 없었다. 그란데 인자 배래분 택이다. 그라고 인자보탐 고런 일을 눈감어 주고 나나 먹는 부정의 시궁창 냄사를 몸에 지니고 댕기게 될 것 같은 예감이 머리를 땔고 지나갔다.

사무실에 들어성께, 박주사는 아무 일도 없었던 대끼 일어나 인사를 했다. 김계장은 자가 시방 뭔 요다구를 또 맹길고 엎졌는지 모룬다고 생각함시로 이자에 앉었다. 요러한 불신은 물론 이녁이 이녁한테 갖고 있는 반성과 후회에서 비롯되는 것이기도 하다.

점심시간이었다. 집에 온 그는 3년 전 일을 생각했다. 각씨가 싸 준 점심을 먹는데 모도딜 냄사가 난다고 함시로 싹 나가부렀다. 혼자 신문을 봄시로 도시락을 먹고 있는데, 군수가 문을 열고 들어왔다.

"나는 집사람이 지은 밥보다 더 맛있고 깨끗한 밥이 없다고 생각하는데 김주사도 그러는 모양이지요?"

어찌께 되았든 요 일이 있은 뒤에 생각도 안 했는데 계장이 되았다. 그래서 한참 동안 도시락계장이라는 말이 나돌았고, 그 군수가 떠날 때까장 다른 직원덜도 점심을 싸오게 맹길어서 놈덜한테 눈치를 보게 되았던 일이 생각났다.

각씨가 광주로 간 담에는 한연 혼자 점심을 차라 먹는다. 밥맛이 없으먼 라면을 낄여서 먹기도 한다.

낼이 반공일잉께 각씨가 내래올랑가, 또 안 내래오먼 이녁이 올라갈라고 전화를 했는데 안 받았다. 어먼 생각이 핏떡 났다. 「먼 병하고 댕기까? 그 전에 누산네 각씨가 새끼덜 학교 보내놓고 춤추로 댕긴다는 말이 있었는데 행이라도 그랄 리는 없겄제?」 밥이 안 넘어갔다. 그래서 밥그럭을 치고 냉수를 마심시로 낼은 퇴근하는 질로 쫓아가서 알아볼 작정을 했다. 「그럭 하고 예팬네 하고는 나돌먼 깨진닥 했는데…」 점심시간이 헙박 남았는데도 집을 나섰다. 집이락 해봤자 암도 없는 집, 있고 잡은 생각이 안 난다. 맥알탱이 없이 걸어가는 모냥은, 누가 봐도 짠하고 애통 터진 걸음이었다.

광주 가서, 어짠다 하는 꼬투리만 잽히먼 카만 안둘 생각을 함시로 꼬

부라진 샛질을 지나 큰질로 막 나선 참이었다. 이뿌게 생긴 여자가 앞을 탁 막음시로 걸음을 정지시켰다. 자칫 했으면 부닥칠 뻔했다. 김계장은 깜짝 놀래서 두 손을 절반쯤 올리고 고개를 들었다. 그 여자가 각씨를 무척 탁했다고 생각했는데, 실제로 각씨였다.

"먼 일이여?"

"집이로 잔 갑시다!"

상구네 아배는 가네 엄매를 뒤따랐다. 도독놈이 외러 매 든다고 생각함시로 방에 들어서자 각씨는 지가 몬야 이자에 앉음시로 입을 열었다. "멋 잔 물어봄시다! 그저께 보내준 돈 받고 어지께 오고 잡어도 못 왔는데 사실대로 말해 보쇼옹. 고 돈은 어디서 났지라?"

김계장은, 요새 어디를 쏴댕기냐고 다구칠락 했는데 댑때 이녁이 문초 당하는 꼴이 됭께 얼척이 없고 또 그 돈 얘기를 한 자루로 말할 수 없어서 각씨 납부닥만 찬찬이 보았다.

각씨는 눈을 똑바로 뜨고 서방을 봄시로 차분한 목소리로 물었다.

"어서 말해보쇼. 내가라아, 돈을 보내라고 졸를 때는 당신이 낼 모래 월급이나 뽀나쓰를 탄다덩가 짓돈이 들어온다덩가 할 땡께 헛반데 못 쓰게 할라고 미리 볶아대는 것인데, 요참 고 돈은 생길 일이 없이 생긴 것 같으요. 어디서 났소?"

요 질문을 받고 봉께 꼭 서에 가서 조사를 받는 기분이 들었다. 그라고 인자 봉께는 여시같이 돈이 잔 생길 만하먼 미리 볶아댔던 사실도 깨득났다.

"응, 그 돈? 응, 그랑께 그 돈은…"

그는 얼릉 설명하기가 곤란했다. 각씨는 뭉기작거리는 서방을 봄시로 일어나던이 뽀짝 앞에 섰다.

"혹시 나뿐 돈 아니었소?"

그란다는 대답이 나온다 치라먼 금방 귀때기라도 때릴 대끼 차디찬 표정이었다.

"그랑께, 돈이란 것이 당초에 나뿐 돈이란 것이 원래 따로 있능가?"

서방 대답이 요케 나오자 각씨는 까랑지대끼 두 물팍을 방바닥에 갖다 댔다. 그라고는 기도하대끼 말했다.

"상구네 아배! 당신이 먼 계장이요? 도시락 계장 아니요오. 요 말을 내가 엄마나 자랑시럽게 생각하는지 아요? 내가 올 들어서보탐은, 밤에는 노무 이불 빨래 걷어서 세탁해 주다가 낮에도 식당에서 설거지를 해 주니라고 자주 못 내래와 미안하요마는 요케 고상해도 당신 생각을 하먼 한나도 안 뻗치고 심이 나요. 당신이 나뿐 돈은 안 받어사 내가 일할 심이 나는데... 인자 어째사 쓰꼬오."

하고는 일어나던이 가방에서 돈을 끄집어 내갖고 탁자 우게다 올레 놓는다. 둘이는 한참을 말이 없이 그 봉투만 보고 있었다.

"나뿐 돈이먼 기양 갖다주고 안 그라먼 당신 옷이나 한 불 사쇼."

김계장은 암마또 못하고 일어나 입을 잔 벌린 차로 각씨 코 앞에 섰다. 고케 가찹케 서서 서로를 찬찬히 본 적은 한 번도 없었다. 또 각씨가 요케 야물딱시럽게 뵌 적도 첨이었다.

누가 몬야인지 몰라도 서로 앞사람을 와락 보둠었다. 둘이 다 너머 되게 보둠아 가심이 쪼깐 아푸다는 것을 느끼고 서 있었다.

요 아픈 느낌은 결혼 이후 첨이로, 서로의 각오를 크게 잉태시키는 기쁨하고 섞여 있었다.

〈끝〉

갓

'돈지'가 짖어쌌는 통에 잠을 깨보니, 창문이 히비덕덕하게 날이 샐라고 그라는 참이었다. 안 그래도 없는 잠에 금새 일어난 박 영감은, 중우를 치기세 올림시로 문을 열고 나갔다.

"에이! 후레아들년, 양반이 주무시는데 방 앞에서 그케 짖어싸면 쓴 댜?"

하고는 허간 고무신을 신고 있응께, 놈 따라 짖던 개는 언새끼 가랭이 밑에 와서 좋아라 사죽을 못 쓰고 있었다. 뒤엄통이로 가서 꼼말을 내리고 소피를 보던 박영감은 하눌을 초아다보았다.

"하눌에는 별이 많음도 많고! 크고 또릿또릿한 놈은 양반별이고 잘잘한 것덜은 찌실거릴랑 거이제…?"

혼잣말을 하고는 지각 뒤쪽 하눌이 붉아온다는 생각을 함시로 방이로 들어갔다. 할아버니덜이 헙빡 모셔져 있는 지각은, 저캐 동쪽에 자리잡어서 그쪽보탐 붉아져야 맞다고 믿고 있었다.

잠을 깼을 할몸이 먼 소리든 한 소리 하제 했던이, 아니사까 캉캄한 데서 피리소리가 디켰다.

"그노무 양반 행사는 이날 평생 함도나 하고. 개털이 양반 주무시는지 미친 병길이가 자는지를 어찌께 안다고 가보고 그래싸요?"

영감은 새북보탐 할몸한테 꼬투리를 잽혔제마는 이녁 잘한 것이 없기 남세 「어험-!」 하고는 조대통을 찾어 뽀꿈뽀꿈 댐배를 뿔고 있었다. 이 헛지침 같은 소리는 속이 잔 상했을 때 나오는 것이라, 배락이 떨어지기 전에 할몸은 몸 단속을 할 줄 안다.

"저 병할 년 땜새 잠도 깨부렀네. 이리 와서 한숨 더 주무이쇼—"

그라자 영감은 헛지침을 한번 더 하고는 댐배만 뿔았다. 이전보탐 빼딱 있는 집안 어른이라는 고집이로 칠전에서도 이름이 나 있는데, 풋썩풋썩 말해부는 할몸 남세 간혹 쓴 입맛을 다실 때가 있다. 그래서 요론 때는 기분이 좋은 일만 생각하는 버릇이 생겼다.

몬야참에 서울서 내래온 장가가 올라감시로 돈지에 있는 개 한 마리를 사주고 갔다. 그래서 개 이름이 〈돈지〉다. 말로는 아버니 심심하시다고 산 것이라지마는 집도 지킴시로 새끼 나면 용돈이나 보태라는 생각에서였다. 그래도 돈 얘기를 하면, 속이로는 어짤깝시 고개를 외로 꼬는 아부지 성품을 앙께, 그작 저작 심심푸리로 키시라고 말해사 되는 터였다.

그 개가 첨에 와서는 꼴랑지를 내리고 개줄에 쩌매져 갖고 설설 눈치만 보더니, 달포 지낭께 놈이 오면 이상 짖어쌌는 통에 늙은 내외간이 서로 봄시로 낫낫하게 맹길아 주었다.

"저 가시나가 이상 밥값 하능구만이라?"

"음—"

영감은 생견 그노무 체통 땜시 고개만 또 끄떡했다.

"거작 커서 곧 암내를 낸다고 극케 비싸게 줬응께, 인자 새끼 나먼 술값은 보탬이 되겠소"

영산네는 폴새보탐 오진 생각을 하고 있었다. 그라고는 잘 맥여사 새끼를 통통하게 낳께「술집 가시먼 맹태꼴랑지라도 줏어다가 돈지를 주고, 아적마다 한굿진 데 댁고 가서 똥도 잘 뉘라고」말했다.

"짐성덜도 뱃속이 팬해사 살찐다."

박 영감은 양반 체면에 개 똥까지 뉘라는 소리가 이녁하고는 앤통 안 맞는 말이지마는 할뭄 영감 둘이 삼시로 양반노릇 다 하기도 성가신 때가 쌔부렀다. 요런 때는 팔짜타령을 한다.

"내가 새끼덜 킴시로도 똥 한번 안 쳐다봤는데 늙은 말년에 먼 팔짜로 개똥을 뉘능고?"

그란다 치라먼 입 보지란한 할뭄이「개가 새끼를 나먼 술은 잘 마실람시로 그란다고」모퉁이를 주기도 했다. 요런 소리를 들을 때마다 영감은 족보를 갖다가 펴놓고 앉어 있었다.

아적나잘 이장이 집에 와서 요런 말을 하고 갔다.

"어르신! 인자 개도 족보에 올린답니다. 우량견이로 등록 되먼 새끼를 나도 비싸게 퐁께, 읍내 개조합에 가서 심사를 받으이쇼. 봉께는 암내도 낸 성 부른데, 거그 가먼 조-ㄴ 쑹놈하고 교미도 시킨답니다."

그래서 박 영감은 저녁나잘 쉴참 때쯤 해서 나설 채비를 했다. 참말로 오랜만에 읍내를 간다. 허간 고무신에 허간 보신을 신고, 허간 바지저구리에 허간 두루맥이를 입었다. 허간 댓님, 허리띠로 발목하고 허리를 묶으고, 백장에서 갓을 찾아내 몸지를 후 후 불고는 머리에 썼다. 그 속에 쓴 망건은 새놈같이 깨깟했다. 이전에 아버지가 쓰시던 체통 있는 물건이라 잔 헌 듯해도 자랑스럽기만 하다.

　박 영감은 앞시고 가는 돈지 똥태피를 봄시로, 삿이 붓어 있응께 개조합에 가서 서방을 맞춰주먼 새끼가 곧 들 것이라고 생각하다가 피식 웃음을 흘렸다.

　"벨꼴이제, 개한테 족보가 있다니!"

　읍에는 전빵도 많고 차도 정신없이 달려댕겨서 우선 개가 다치까 꺽정되았다. 박 영감은 남문로로 들어서서 쭉 철마광장까장 걸었다. 경찰서 밑에 다달으자 널찍한 질에는 개덜이 여러 놈 돌아댕기고, 낯가죽이 싹가죽같이 생긴 쑹놈 한 마리가 설컹설컹 걸어와서 돈지 넙턱지에다 지 코를 댔다가 앞이로 가서 쪼꾸질을 함시로 급살을 떨었다.

　그란데, 첨에는 돈지가 꼴랑지를 착 내래서 개리고 촌여자 같이 새리더니, 금방 지가 더 부산을 떨고 삭신을 내둘렀다. 저만한 낯부닥에 이만한 주인을 모시고 삼시로, 고런 당글게 같은 놈을 보자마자 좋아한다는 사실이 왼통 비우에 거슬렸다. 영감은, 카만 두고 봉께 암내는 분명 냈는데, 만약 저놈같이 못 생긴 새끼덜을 난다면 이녁은 망하게 된다고 깜짝 놀래서 소리를 빼락 질렀다.

　"때액! 쩌리 가거라. 주재껏이 쏫컷이라고…"

　그 개는 여나무 발 가다가 돌아서서

　"우덜 일에 당신이 뭐시요?"

라는 대끼 쳐다보더니, 금방 돈지를 알어보고는 꼴랑지를 흔들어댔다.

　박 영감이 개조합 폭신이자에 나자짐막하게 앉어서 낫낫한 이유는, 심사결과 돈지가 우량견이로 판명되았고, 곧 장태 종견장에 가서 아주 좋은 쑹놈을 만나갖고 두 달만 지난다 치라먼 한 마리에 15만원 짜리

새끼 대여섯 마리를 날 것이라고 조합 직원한테 들었기 땜세 그란다. 그래도

"우리 장가가 집이나 지키라고 사 줬슴너이다."

요케 대답하고는 장태 종견장이로 갈라고 일어나 점잔하게 인사를 하는 참이었다.

돈지를 잡고 있던 개줄이 손에서 빠져나고, 개는 쏜살같이 배깥이로 달리고 있었다. 영감은 아까 그 못생긴 개가 떠올라 속이로 소리를 질렀다.

"안 되아! 고런 놈 새끼를 베먼 큰일 나!"

그람시로 홱 돌아서 빨리 나간다는 것이, 문에 두루맥이 옷고름이 걸려 둘 다 떨어져불고 몸이 횟청 하더니 자빠라질락 함시로 한 바꾸 삥 돌아서 주저앉대끼 누워부렀다.

정신을 채리고 봉께, 갓이 뱃겨져부렀는데 잠자리 날개같은 고것은 이녁이 깔고 있어서 폴새 납작코가 되아뿌렀다.

"아풀사! 이 갓이 어짠 갓인데, 요캐도 뿔깡 짜 논 행짓보 같이 배래부렀으까!"

순간, 웃대 하랍씨덜이 모도 갓을 쓰고 호통치시는 모습이 머리를 스쳤다.

"에 요 이 나쁜 놈, 갓 한나 간양 못하고 뿌사불다니! 니가 어찌께 조상덜을 볼래?"

박 영감은 사죄하대끼 망건만 쓰고 앉아서 잠깐 머리를 숙이고 있다 봉께, 돈지 생각이 나서 일어나 몸지를 탈탈 털었다.

「우리 돈지는…… ?」

광장이로 나감시로 봉께, 아그덜 여나문이가 뼁 둘러 서 있었다. 암만

해도 이상한 생각이 들어서 가찹게 가 보니, 줄을 달고 있는 개 한 마리 하고 누루틱틱한 한 마리의 개가 서로 떨어질라고 애를 쓰고 있었다.

"돈지로구나!"

요캐 외치고 낭께 또 외칠 소리가 있었다.

"아까 그 싹이로구나!"

아그덜은 발질로 차는 시늉을 함시로 개덜을 보고 웃다가 즈그덜끼리 보고 웃다가 하고 재미있어 했다.

돈지는 기연이 싹같이 생긴 그 못난 놈한테 터를 폴고 있었다.

「아이고 망했다!」

주인이 오셔서 신음소리를 내는 줄 아는지 돈지는 죄송스런 표정이었고, 싹 낯가죽을 쓴 놈은 낯가죽도 좋게 뻗쳐 죽겠다는 듯 쎗부닥을 다 내놓고 있었다. 박 영감은 손에 든 종우 쪼각같은 갓을 높이 들어서 두 놈 다 맞어 죽으라는 듯 던졌다.

"에이 빌어먹을 것덜, 디져부러라!"

갓은 헝겊 쪼각같이 날아가 돈지를 맞치고 쑹놈 발밑이로 떨어졌다. 사분하게 생긴 한 머시마가 개를 찰라고 항께 개덜은 방향을 쪼깐 바꾸고, 갓은 싹같은 놈 발에 눌러졌다.

아매도 어질끼 아니먼 선혈증이 일어났던지 노인 양반은 조심히 쪼구리고 앉았다.

고 때 한 사람이 가만가만 걸어왔다. 칠전 이장이었다. 읍에 볼 일이 생겨서 급히 왔다가, 일을 다 보셨으면 영감님하고 한꾼에 갈라고 조합에 들리는 질에 요 장면을 보았던 것이다.

"어짠 일이심쟈? 누구랑 쌈을 했습닌쟈?"

박 영감은 대답 대신 오룬손을 가만히 들었다. 잔 잡어줘사 쓸 성 불렀다.

    이장은 얼른 돈지 모가지에서 개줄을 풀어주고는 박 영감을 보듬대끼 부축이고 택시를 잡어 탔다.

    지엄재를 돌아감시로사 이장이 몬야 입을 열었다.

    "인자 정신이 잔 들지람닌쟈?"

    "요런 망신이 어디 있겄능가? 시방 내 꼴이 뭣인가?"

    울고 잡은 목소리였다.

    이장은, 돈지한테서 개줄을 풀어줬응께 이따만큼 집을 찾어올 것이라고 안심시켰다. 그러나 박 영감은 시방 개가 문제가 아니었다. 조상 대대로 쓰고 살어온 갓이라는 모자, 아버니가 쓰시다가 이녁이 물려받어 쓰던 그 갓, 고것백에는 뵈는 것이 없었다.

    택시가 칠전잔둥을 넘자, 왼쪽이로 점잔하게 자리 잡은 동네가 한눈에 뵈었다. 멀리 자기집도 뵌다. 집에 가면 할뭄이, 우선 갓을 얻따 두고 오시냐고 물을 것은 뻔한 일이다. 대답이 금방 떠올랐다.

    "싹이 봅고 있었네…!"

    영감은 개를 들멕이기도 싫었다.

    택시는 칠전잔둥 내리막질을 달리고 있었다.

                                                     〈끝〉

[# 할뭄은 알랑가 모루겄다]

　날이 땡땡 가문 오월 하순 못도를 때가 폴새 지나갔는데도 북산 밑 영골하고 웃골 웅타리 논덜은 하눌만 초아다보고 바닥이 쩍쩍 벌어져 있었다. 가문 하눌답게 해는 폿싹 몰른 채로 중천에 떴고, 동네 개덜은 그늘이 존가 질갓 지시럭 밑에 엎져서 할망산이 없는 납부닥을 하고 있다. 한긋진 이곳 정자동까장 엿장시가 찾아오는지 월강 쪽에서 가새소리가 디겼다.

　모실에 갔다오는 김 영감은, 새꾁에 들어서자 하눌을 한 번 초아다봄시로 혼잣말 같지마는 반침에 앉어 있는 할뭄보고 들으라고 말했다.

　"짝대기로 하눌을 한번 쒸세부까? 짝달비나 한 댓 보지락 쏟아지라고!"

　"으따 으따 어서 씨시쇼! 누가 어멓닥 하겄오? 아심찬하게 한 보지락만 쏟아져도 이종은 학 것이요마는."

　평생을 한꾼에 살어온 할뭄은 영감 말에 장단을 맞춘다. 안 그라면 삐꿀 내어 눈살 꼿꼿해갖고 말도 안 하는 수가 더러 있기 땜시 애징간하면 참고 억지로 웃기도 한다.

　엿장시가 동네로 들어섰는지 개덜이 짖고나서 가새소리가 담 넘에서 디켰다.

"날은 때앵땡 가무울고—! 헌 냄비, 뿐어진 숫꾸락, 사이닷 뱅, 소줏 뱅, 엿 사쇼—엿 사! 날은 땡땡 가무울고—"

가새소리가 박자를 맞춘다. 반침에 앉었던 송산네는 엿장시 노래를 귀가 쫑긋 해갖고 듣고 있던이, 뜰밑에서 꼼바꿈 하고 있는 행낭채 딸을 불렀다.

"악아, 장가야! 가서 엿장시 보고 언제 비가 올랑가 물어봐라. 날이 날마다 땡땡 가문 것은 시상사람덜이 다 알고 있응께 그 소리는 곤백번 해봐야 속만 뒤집는다."

영감은 웃음이 싹 가신 냅부닥을 하고 참견했다.

"아, 날이 가문 것밖에는 모룽께 밤나 '땡땡 가물고'로 끝나는데 쥐젯 것이 멋—을 안다고 엿장시한테 비를 물어봐!"

그라자 할뭄이 "이전에 실성한 정 서방한테도 비 올랑가 물어봤는데 성한 엿장심불로 못 마치겄냐"고 큰소리로 대꾸했다가 영감한테 또 모퉁이를 먹는다.

"예펜네덜은 늙어도 시상 보는 눈이 닭눈 아니면 개댁이눈 밲에는 못 되아! 엿장시한테 물어볼라면 외러 깨구락지한테 물어보제! 가그덜은 비 올라면 울어쌍께."

외간 남자한테 말을 붙인다 치라면 영감쟁이가 눈이 옥금해지는 것을 송산네는 속이로 재미있어 함시로 할뭄뱃에 모르는 그 찜 믿고 한 번이나 더 대꾸를 하게 된다.

"내 눈이 닭 눈이면 영감 눈은 게댁이 눈이요? 속이 노루끼리 한 것이 영낙 없어라."

엿장시가 엿쾌상을 끅고 집이로 들어오자 할뭄은 헛웃음까지 침시로 이것저것 집어주었기 땜시 금방까지 낫낫하던 영감 속을 간치집을 맹길 아 놓았다.

　영감은 곧 사람이 탓할 데가 없음시로도 옥작한 성깔이 있어서 한번 고집을 부리먼 살—이고 날-이고 새치롬해 갖고 말을 안 한다. 그래서 엿장시 땜시 쌈을 하고는 그날 밤 등 도루고 잤는데, 그것이 날궂이였던 가 자고 낭께 비가 오고 있었다. 엄마나 지달렸던 비였던지 전날 쌈한 것도 잊어불고 영감은

"어야, 일어나게 비가 오네!"

하고 할몸을 흔들었던 것이다. 여시 같은 송산네가 통새 감시로 비 온다 는 것을 암시로도 '어쩌능가 보자!'하고 잠뜻 하는 대끼 영감을 발로 건 들어 놓고는 다시 눈을 감았던 참이다. 영감이 혼둥께 할몸은

"오메 시상에! 그라요? 비가 와라?"

　함시로 깜짝 놀랜 대끼 일어나더니 얼른 나가서 팽상 잔 같이 들자 해놓고, 또 이것저것 같이 하작 하던이 속옷까지 철벅하게 젖게 한 다음 방에 들어가 옷을 갈아입힘시로사 쌈—은 폴새 끝나분 택이였다.

　비가 오신 이틀 뒤, 오눌은 김 영감네 이종날이다.

　북산 있는 쪽이로 줄줄이 니 마지기 일곱 배미를 이종하는데 사람 일 곱이를 얻었다. 방죽물이 멀직히 닿는 말무덤 논하고 조산등 옆에 있는 가흥들 논 엿 마지기는 진작 끝냈고, 영골 일곱 배미 땜시 늙은 내외간 이 밤이나 낮이나 비타령을 했었다.

　새복보탐 일을 해주고 있는 행낭채 각씨·서방하고 작은 집 내외간이 노인덜보담 더 서둘고 있다. 모꾼덜은 정재에서 해장을 했고, 논 갈 소 는 일을 해사 된께 소죽을 맥이고 나서, 막걸리 두 대접까지 마시고 일 어난 행낭 오서방은 질 몬야 논이로 갔다.

한쪽에서는 못판에서 모를 떠 짚푸락이로 못춤을 묶으고, 한쪽에서는 첨벙첨벙 함시로 소가 논을 갈고나서, 그 뒤로는 써래질을 한다. 모를 뜰 때, 피는 논뚜렁에다 던져불고, 방동산이는 바닥에다 씨서 박어분다. 써래질이 끝난 논은 논뚜렁을 논바닥 흙이로 맥질쳐 볼르고, 모쟁이는 못춤을 지게로 져다가 볼라는 논뚜렁 우게다 쌓아놓는다. 또 한 사람은 논뚜렁 풀을 빈다. 모를 다 뜨고 나서 못꾼덜은 못춤을 대여섯 개썩 들고 모 심을 논이로 갔다.

남자덜은 틸 난 다리로 물속을 걸어댕기지마는 여자덜은 검자리 땜시 손토시 발토시로 폴목하고 장단지를 감추고 있었다.

언새끼 해가 떠올라 따땃하게 비친다. 저— 알로 내래다 뵈는 동네에서는 보리를 치는 집이 맻집 있고 밭에서 치는 집도 있었다. 기계소리가 다듬질을 하고 있다. 멀리 분투동 간재 밑과 한절 꼴창에서 모 하는 것은 안 뵌다. 개를 건네서 떡저리로 가는 가심재 밑에서도 모를 한다. 참말로 비가 잘 온 것이다. 가흥 개포로 가는 살막재 천수답덜은 언새끼 이종을 했는지 빈 논이 없었다. 가흥개포 옆 오동뫼에 이전에는 정자가 있어서 동네 이름이 정자리가 되었다고 한다.

"어—이!"

못줄 잡은 김 영감이 소리를 질렀다. 이쪽은 모를 다 심었응께 못줄을 들어서 옮기자는 신호였다. 저쪽에서 대를 잡은 할뭄도

"어—이!"

하고 소리를 지른다. 여섯 치 여섯 치 꽃에 맞춰 심긴 모가, 사방 팔방이로 줄이 짝 짝 맞어서 봄상에 아주 좋았다. 이런 데 논은 나락을 심게 놓아도 많이 안 퍼징께 잔 배게 심는다.

해마다 못줄을 잡는 이 늙은 내외간은, 일곱 배미 모 하는 날이 보통 날이 아니다. 다른 데 논은 못줄 잡는 사람을 사더라도, 영골 논만은 생견 놈을 안 시키고 있다.

이전에 두 사람이 총각 큰애기 때, 송산 큰애기가 정자동 외갓집 동네로 이종을 하로 왔는데 그때 그 논이 시방 일곱 배미 이 논이었다. 논 임자의 큰아들은 못줄을 잡음시로 건네 쪽에서 못줄을 잡는 사춘 성님한테 자꼬 모퉁이를 먹었었다. 송산 큰애기한테 정신이 쏠려갖고, 저쪽에서 〈"어—이!"〉하고 소리를 질러도 못줄 막대기를 들 줄도 모르고 허—간 허벅다리만 보느라고 지 정신이 아니였다. 바로 앞에서 모를 심기는 그 큰애기 다리에 검자리나 안 붙는가 하고 걱정하는 일이 못줄 잡는 것보담 더 큰일이었다. 눈치를 챈 모꾼덜이 이종이 거진 끝날 때 〈"못집이나 잔 짊어주자!"〉 하고 총각 등어리에다 못춤을 던져서 옷을 싹 망쳐놨는데, 이 소문이 양쪽 동네에 퍼지고 끝내 두 사람은 그해 저실에 예

를 올리게 되았다.
 이것이 김영감 부부한테는 밸시런 일이 있어도 영골 논 못줄 만큼은 놈한테 못 맽기는 내역인 것이다.

 김영감은 모하는 날이 해가 갈수록 지달려진다. 해마다 못줄을 잡고, 모를 거지반 심게 놓고는 못짐을 짚어주는 모꾼덜의 장난이, 늙은 김 영감을 매칠 동안 낫낫하게 맹길아 준다. 그때마다 「이녁도 안 늙었다」는 생각이 들기 땜새 그란다. 그라다가 작년에는 인자 너머 늙었다고 그랬는지 암도 못춤을 떤지는 사람이 없었는데 그날 저녁 집에 온 영감은 비 맞은 달구새끼같이 맥알탱이가 싹 빠져갖고 밥도 안 먹고 자부렀다.
 할품이 성가셔 갖고 어디 아푸냐고 물어도 암상토 않다는 대답 뿐, 매칠을 씨무룩하니 보냄시로 간혹 「인자 죽을 때가 된 성 부르다」고만 혼잣말을 했었다. 해마다 영골 모를 하고 나서는 헛웃음까지 침시로 좋아하던 영감을, 눈때 매운 할품도 금년에는 어째 저라능가 했었는데 매칠 뒤에사 생각해 봉께는 못짐을 안 짚어서 그라는 것이었다.
 송산네는 영감의 그 아푼 속을 안 건들고, 속이로 올해 모하는 날까지 지달리고 있었다.
 「암도 안하면 나래도 해줘사 쓰겄다」 함시로.
 모꾼덜을 찾아 못밥 먹으로 왔던 애기덜이 다 가분 저녁 나잘, 가흥들 건네 솔개재 개건네와 쩌건네 모재에서보탐 분산까장 햇빛은 대낮인데도, 모 하는 영골 깎음 쪽은 그늘이 지고 모를 다 해가는데 어짜먼 모가 모자랄 성 불렀다. 인자 마즈막 한 배미가 남았고 논에 펴 놓은 못춤 말고는 논뚜렁에는 아무 것도 남은 것이 없었다.
 "어—이!"
 "어—이!"

하는 영감 할묨의 목소리가 자꼬 식어간다. 두 사람 다 모가 한 춤이라도 남어사 된다는 생각인데도 암만 해도 남으까 싶잖했다. 영감도 영감이지마는 할묨 속이 대고 몰라갔다.

「한나도 안 남으먼 어짜꼬, 한 춤이라도 남어사 쓰겄는데…」

마지막 한 배미가 인자 반달만치나 남었다. 못줄은 대고대고 줄어들고 김 영감은 가차워지는 할묨을 봄시로 모구소리를 냈다.

"어—이!"

"어—이!"

할묨소리도 똑 같았다. 맨 아랫논 옹타리 구석은 금방 금방 졸아들어서 가운데 모꾼덜이 한 사람썩 빠져나갔다.

모를 다 심어 못줄 막대기를 걷고 나서 두 사람은 서로 보고 우뚝 서 있었다. 모가 꼭 한 춤이 남었으니 엄마나 기맥히게 좋은 일인가! 그란데도 암도 못짐 짚어줄 생각덜은 안 하고 있었다. 눈치 빠른 송산네가 웃음시로 입을 열었다.

"뒤로 잔 돌아보쏘! 등어리에 짚푸락이 붙은 것 같습디다."

김 영감은 암말도 안 하고 뒤로 돌았다. 할묨은 영감 적삼을 올림시로

"어짜먼 옥캐도 총각 같으까 - !"

하고는 손바닥이로 탁탁 때려보고 나서 뻘이 붙어있는 못춤을 등어리에다가 찰싹 때려 붙였다. 영감은 크게 소리를 질렀다.

"아이고 시언하구라—!"

모꾼덜은 깜짝 놀래서 돌아보더니 늙은 내외간을 보고는 모도 죽겄다고 웃었다. 영감 할묨도 한꾼에 웃었다. 둘이가 질 오래 웃었다.

모꾼덜이 깍진 샛질을 따라 동네로 내래갈 때 질 내중에 따라가는 송

산네는 소리를 질렀다.

"빨리빨리 씻고 아그덜 댁고 밥 먹으로 오게—!"

그라고는 맻 번이고 그저께보탐 웃골, 영골을 더투어서 못춤 다섯 개를 줏어다가 논바닥에 던져둔 일을 잘했다고 생각했다. 할뭄이 극케 생각하고 있을 때 김 영감은 옆도 한 번 안 돌아보고 쎄 하니 내래가고 있었다.

영골 오른쪽 삼지창에는 진작보탐 잡어논 이녁 묏자리가 있기 땜시 그라는지를, 할뭄은 알랑가 모루겄다.

<끝>

구멍독거 할몸의 맴생이 꿈

독거군도 가운데서 구멍독거락 하는 독거혈도는, 섬 산 속에 구멍이 뻥 뚤여 쩌 아래서 갱물이 출렁이기 남세 붙여진 이름이다.

여객선 선장은 슬도, 독거도, 탄항도를 대고 나서는 마이크도 안 들고 2층에서 아래층 이물을 내래다봄시로

"구멍독거 내릴 사람 있소-?"

하고는, 대답 들어볼 생각도 없이 금방 내보냈던 머리를 선장실로 가져가 분다. 그도 그랄 것이 할몸 영감 단둘이 살고 있응께, 설이나 추석 말고는 생견 찾는 사람이 없는 째깐한 섬이어서, 물어보나마나 손님은 없을 것이라는 계산이다. 그래서 두 노인 얘기를 들으면 모도덜

"할몸 영감 둘이, 음마나 오지게 사까!"

하고 부러한다.

구멍독거 동네는 여섯 집이다. 그러나 노인네가 사는 요 집 말고 다섯 집은 암도 안 사는 빈 집이다. 여섯 집이 삼시로 집집마다 한참 새끼덜을 날 때는 여가 학교도 있었다. 그러다가 아그덜 교육이니 돈벌이니 함시로 한 집 한 집 마포바지에 방구만칠로 구멍독거를 빠저 나가붕께 요

섬에 달랑 둘이 남았다.

"아짐, 우덜 두 집 남었는데 인자 우리도 가불먼 어찌께 사시꺼이라?"

15년 전, 맨 낭중에 이사감시로 슬도네가 너머 써운해서 한 말이었다. 그란데도 육동네는

"그랑께 말이세!"

라고 했을 뿐 벨로 써운한 것도 없었다. 외러 속이로는 씨언하다고 생각했다.

육동네 납살 쉰 여섯이어서 당애 여자라는 생각이 머리 속에 차 있응께, 젊은 각씨덜이 영감한테 웃음시로 말한다 치라면 눈이 옥급해지던 때였다. 그 가운데서도 질로 이뻰 슬도네는, 여자눈이로 봐도 귄이 짝짝 흘렀다. 납부닥이 가무잡잡한데다 큰 키에 눈은 초생달에다가, 허-간 이빨을 많이 내놓고 양손을 잡고 몸을 살짝 틈시로 웃으면, 남정네덜은 고 여자가 시방 뭔 말을 하는지 내용은 금방 잊어뿔고 같이 서서 웃기만 하고 끝나분다. 그래서 동네사람덜이 한 집 두 집 이사를 갈 때, 육동네는

「슬도네가 딴 사람덜 몬야 가부렀으먼-」

하고 생각했었다.

슬도네가 동네서 질로 낭중에 이사를 가고, 인자 달랑 두 내외만 남응께 육동네는 속이로 살판 났다고 좋아했다. 사실 이 외진 구멍독거에 서방 각씨 둘이만 있응께 놈 눈치 볼 것도 조심할 것도 없고, 하고 잡은 것을 못 할 것도 없게 되었다.

육동네가 속이로 질로 몬야 하고 잡었던 것은, 물 속에 들어가 미역을 뜯던, 듬북을 따던 간에 옷을 한나도 안 걸치고 영감하고 일을 해 봤으먼 하는 것이었다. 그란데 아니사까 그 해 여름에 큰바람이 한바탕 불어줬다. 확 터진 남쪽바다에서 산 같은 파도가 밀려와 사날 동안 여러 섬

덜을 쌔리고 댕깅께, 바굿독에 붙어있는 미역이 떨어져 물에 떠댕기먼 그놈을 줏어 모태는 일이 생겼다.

 큰바람 지나가분 뒤로 두 사람은 망태를 걸쳐 미고 갯갓이로 나갔다. 큰 파도는 없어지고 너울이 남어 있을 뿐이었다. 서방이 빤스만 입고 물 속이로 들어갈라고 항께 육동네가 소리를 질렀다.

 "시상천지에 볼 사람 누가 있다고 다 안 벗고 그것을 걸치고 있소? 일 끝나고 꼬실꼬실한 속옷 입을라먼 어서 싹 벗어부쇼!"

 "그라면, 자네도 벗을 참인가?"

 "당신만 벗고 내가 안 벗으먼 그것도 이상 안 하요? 시상천지에 우덜 둘이 뺵에 사람이 또 있어사제, 뭣이 여러서 안 벗어라-?"

 "허어참, 벨 일 다 보겄네. 허어 참!"

 "암마또 말고 어서 들어갑시다!"

 둘이는 넘실거리는 물을 타고 댕김시로 떠댕기는 미역을 줏어서 망태에다 담었다. 육동네는 생견 첨이로 재미를 본다고 생각항께 낫낫하니 입이 째질락 했다. 그녀는 가찹게 시엄쳐 오던이 소리를 질렀다.

 "큰바람 땜시 물이 꾸정항께 물 속이 안 뵈용? 안 그라면 훤하니 다 비치꺼인데!"

 "뭣을 보고잡어 그라능가 시방?"

 "이러트먼 그란다 그 말이요. 뵌닥 해도 똑똑하니 뵈도 안 하꺼인데-히히히!"

 "허어참, 어서 미역이나 대고 줏어 담게!"

 여그 저그 섬에서 떠밀린 미역이, 들물 썰물에 따라 구멍독거 앞바닥 혼수진 데서 떠 댕깅께 내외간 망태가 금방 차고 또 금방 차고 했다. 미역은 갱물에 뜨는 것이라 망태에다 암만 많이 담어도 갠찬했다. 아적 나잘 다섯 망태, 저녁나잘 니 망태를 줏어서, 발바닥 디치게 달궈진 때

약뻴 바굿독 우게다 한 가닥 한 가닥썩 붙여 농께, 그 날 하루에 열두 뭇을 맹길았다. 고 담 날은 니 뭇, 또 담 날은 한 뭇, 요케 해서 그 해 큰바람 남세 모도 열 일곱 뭇을 줏어서 마래다 쟁여농께 큰 돈이 되았던 것이다.

"순단네 아배, 내가 옷을 싹 벗어뿔고 미역을 줏작 항께 '허어참, 허어참!' 해쌌던이 잔 보쏘, 엄마나 오진가!"
육동네는, 저녁 먹고 잠을 청함시로 말을 걸어 피로를 풀기 시작했다.
"알았네. 인자 먼 일이던 옷을 벗자고 달라들 것 같어 꺽정이네."
"날은 더웁고 땀 많이 나먼 훗닥 벗어뿔제 어쩨라!"
"허어 참!"
"뻗치시먼 다리나 잔 중물러 드리꺼이라?"
"자네 안 뻗치먼 그라게."
대답 떨어지기 바뿌게 그녀는 서방 허벅다리를 잡어챘다.

요케 오지게, 그들이 결혼한 지 35년이 지나서 다시 한번 신혼 기분이로 살게 됭께 맘 따라 몸도 더 젊어져, 외딴 섬에 단둘이 사는 것이 재밌기만 했다.

6년이 지나고 한 영감이 예순두 살 되던 어느 가실 날이었다. 아적밥상에서 나온 생선빼딱을 들고 바굿독 틈새 물 고인 데서 사는 기덜한테 줄라고 내래가다가 거그서 발이 미끄러져 물구덩이에 넉장구리를 쳤다. 그란데 몸이 잘 안 움직여 놀래갖고 소리를 질렀다.
"사람 살리쇼-! 사람 살리쇼-!"
함시로 생각해봉께, '사람 살리쇼-!'에서 사람은 이녁 한 사람이고 살려줄 사람은 할뭄 뿐이었다. 그래서 다시 소리질렀다.

"영감 살리게-! 할뭄, 영감 살리게-!"

고 때 허리를 삐끗했는데, 두어 달 허리를 못 쓰게 되자 육동네는 영감 허리 고치는 일에만 몰두했다.

누구한텐가 들응께, 꺼만 맴생이 빼딱을 고아 먹으믄 허리에 좋닥 해서 목포 작은아들한테 연락했더니, 빼딱 한 개 하고 새끼 한 쌍을 보내주었다. 그라고는 빼딱은 시방 고아 잡수고 새끼는 커서 잡수시는데. 산에 약초가 쌔부렀응께 질게 줄 쩌매갖고 1년만 키믄 약이 된다는 말도 전해왔다.

그 꺼만 맴생이 새끼가, 1년 막 지나 약을 할락 하는데 두 놈 다 줄을 끊고 내빼부렀다. 고놈덜이 하도 날쌩께 잡을 수는 없어도 해마다 늘어나, 한 8년 지났으까, 지작년 일인데 하루는 새북에 텃밭 배추를 뜯어먹니라고 모탠 놈덜을 시어봉께, 서른 마리나 되았다.

맴생이도 수컷덜은 암놈 차심하는 쌈이로 생사결판을 냈다. 작년 봄에 겁나는 쌈이 있었다. 질로 큰 쑹놈 두 마리가 쌈이 붙었는데, 소 만한 놈 둘이가 댓 발 정도 떨어져 몸을 꼿꼿하게 시어갖고 서로 달라듬시로 한 발 거리에서 머리를 사정없이 쥐어박으믄, 양쪽 다 대갈통 부서지는 소리가 났다. 그래도 뿔이 땅바닥에 떨어지는 일은 없었다. 고케 서로를 박살 낼라고 한 번 부닥치믄 둘 다 정신이 없는가 얼얼한 눈매이다가도, 또 뒷걸음이로 물렀다가 몸을 꼿꼿하게 시어갖고 두 발로 달라들어 머리를 부닥치고는 했다.

'저라다가 한 놈은 죽제?'

육동네는, 둘 중 한 놈이 니 발을 들고 꼬꾸라지믄 그놈을 약 할라고 지달리고 있었다. 그란데 한 놈이 심이 부치겄다고 판단했던지 대밭 속이로 내빼붕께 쌈이 끝나부렀다.

　영감 허리는 그작저작 낫었어도 맴생이를 못 맥여서 할뭄은 애가 탔고, 맴생이덜은 노인네덜의 그런 생각을 폴새 알고 절대로 가찹게 안 왔다. 육동네는 맴생이만 나타나먼

「저놈을 어찌께 잡으까? 한 놈 잡어사라 영감 약을 하꺼인데-」

눈독을 딜이고 종구아봉께 맴생이덜도 눈치를 채는 것이다.

　한 번은 홀캥이를 놔서 한 놈이 걸렸는데, 그놈을 잡고 끈을 풀다가 뒷발로 차붕께 영감이 땅바닥에 넘어져부렀다.

"순단네 아배! 금방 그놈 음마나 고만지 모루겄소."

"먼 소리여 시방?"

영감은 넙턱지에 묻은 흑을 텀시로 일어났다.

"가운데를 차부렀으먼 안 깨졌겄소? 오메 무선 거-!"

"시끄럽네! 방정맞은 소리는-."

"고맙다 맴생아-!"

할뭄은 홀캥이를 집어서 밭두렁 넘에로 떤져부렀다.

　육동네는 간밤에 맴생이 꿈을 꾸었다.

　마당에 썽난 맴생이덜이 뼁 둘러있고, 가그덜이 죄인 문초하대끼 육동네를 한가운데 앉혀놓고는 질로 큰 놈이 막대기를 들고 이자에 앉어서 호통을 쳤다. 영감은 어디로 피신했는지 몰라도 숨어서 이 광경을 엿보고 있을 것으로 할뭄은 짐작하고 있었다.

"니가 우덜을 잡을라고 그래쌌는데, 영감 약 할라고 그라는 것잉께 죄인은 영감이다! 니가 영감을 찾어내라!"

"시방 내가 맻 살인 줄 알고, 니가 날보고 니가 라고 그라냐!"

　육동네가 요라고 따지자, 마당에 까득한 꺼만 맴생이덜이 모두 소락지를 질렀다.

"우리 대장한테 니가, 시방 니가 라고 그랬어?"

"우덜은 쉬엄이 요케 났는데, 맻 살이먼 먼 소용 있냐? 쉬엄이라고는 한나도 없는 것이!"

그라자 이자에 앉은 대장이 쉬엄을 한 번 쓸어내리고 나서

"메 - 헤헤헤 - !"

하고 웃었다. 그라고는 악을 썼다.

"우리 맴생이덜은 서른 둘인데, 요 섬에 사람은 느그 둘밲에 없다! 그 중에 너는 잽혀왔고 인자 한 놈만 잡어오먼 된다!"

그라자 할뭄도 악을 썼다.

"우리 영감보고 놈이 뭣이여! 개만도 못한 놈아!"

"와 - ! 우리 대장한테 개만도 못한 놈이락 한다 - !"

"저런 버르쟁머리, 대장님! 저것을 칸 둘라?"

맴생이덜이 모도 성질이 나갖고 마당을 돌고 어뜬 놈은 담 우게 올라가서 가심을 치기도 했다. 대장이 이자에서 뽈딱 일어나 막대기로 땅을 침시로 명령한다.

"느그덜은 싹 나가서 요 섬을 싹 뒤제갖고! 영감을 잡어온나! 싹싹 빌어도 댁고 와사 써!"

부하덜이 전부 나가자 대장 맴생이는 뿔을 맨침시로 말했다.

"오눌사 오랜만에 요놈을 쩌먹것구나. 내가 느그 영감을 요 뿔로 다섯 번을 박어불란다!"

육동네는, 요 박치기 선수가 영감을 죽이겄다고 생각항께 정신이 아망해졌다. 그래도 사정을 안 했다. 어짜던지 좋은 꾀를 짜내야 했던 것이다.

구멍독거 할뭄의 맴생이 꿈

"그라다가 니가 지면 어찌께 할래? 니가 진다면 말이다!"
"메헤헤헤 - ! 내가 진다면 나를 약 해 먹어도 좋다!"
"오냐. 약속만 지켸라."

영감이 꺼만 맴생이덜한테 잽혀서 포위되아갖고 마당이로 들어왔다. 대장은 이자를 치우고, 마당을 널쩍하게 맹길아 한바탕 쌈 할 준비를 했다.
할뭄은, 물팍을 꿇고 있는 영감을 봄시로 달구똥 같은 눈물을 흘렀다.
"순단네 아배 - ! 당신은 죽으민 안되아라 - . 요 시상에 나 혼자 남어 어찌께 살겄소, 나도 죽어사제 - !"
"그 말은 맞어! 나도 당신이 죽는다먼 그날 바로 죽으꺼잉께."
요 말을 듣고 맴생이덜이 웃었다. 그라고 대장 맴생이가 크게 말했다.
"영감은 잘 들어라 - ! 니 약을 할라고 우덜을 날마다 종구고 있었응께 니가 죽어바라! 시방보탐 우덜 둘이 쌈을 하는데, 너는 쪼구리고 그대로 앉어 있고 나는 니 대가리를 다섯 번 요 뿔로 박어불란다!"
이 말을 듣고 할뭄이 악을 썼다.
"에요 이 비겁한 놈! 우리 영감은 카만이 있으락 하고 너는 달라들어 그 뿔로 박어야?"
"내맘이여!"
육동네는 영감 당하는 것을 차라리 안 볼란다고 정재로 들어가부렀다. 그래도 문 새다구로 안 내다볼 수가 없었다.
"찰코 내가 저라고 앉어서 당해사제 못 보겄다!"
함시로 나갈락 하는데 대장이 다시 말했다.
"영감! 마지막이로 할 말 있으믄 해 바!"
할뭄은 영감이 먼 말을 할란지 궁금해서 지달려 봤다.
"내가 젊어서, 남양군도에 가서 전장할 때도 안 죽고 살아 왔는데, 할뭄하고 둘이 사는 구멍독거에서 할뭄 혼자 두고, 맴생이한테 죽다니! 얼척이 없다."

"얼척 없는 것은 니 사정이고, 나는 나대로 할란다 - !"

요케 말하고 나서 맴생이는 몸을 높이 시던이 영감을 향해 돌격했다. 영감 머리가 한 방에 깨질 것 같았다.

육동네는 얼른 또가리하고 소드랑 뚜껑을 들고 나와, 영감 머리에다 또가리를 몬야 올레놓고 솥뚜껑을 씨어놨다. 맴생이가 눈을 찔끈 감고 두 발로 달래와서 뿔로 폭격하대끼 영감 머리를 박었다. 할뭄은 두 눈을 감고 소락지를 크게 질렀다.

"오메 - ! 내 영감 - !"

그라고는 눈을 떠 봉께, 소드랑 꼭지가 대장 머리 한가운데를 씨서부렀다. 맴생이는 마당에 쭉 뻗던이 지구다나 숨을 시었다.

"아이고 내 머리야 - !"

그라는데, 차차 몸뚱아리가 작어지고 있었다. 할뭄은 얼른 가서 소드랑 뚜껑이로 맴생이를 덮어부렀다. 그 속에서 작은 소리가 새 나왔다.

"메 - ! 메 - !"

할뭄은 맴생이 옆에 누어 있는 영감을 발견했다. 또가리를 받쳐주었는데도 크게 다쳤으까 하고 왈칵 겁이 나 달라들어서 영감을 보듬고 목청대로 불렀다.

"영감 - ! 영감 - ! 예, 순단네 아배 - !"

"어째 그라능가 - ?"

할뭄은 대답을 못 들은 성 불렀다.

"순단네 아부지 - !"

"아, 이 사람아! 어째 그래?"

꿈이었다. 창문은 히비덕덕하니 동이 트고 있었다.
"자네 먼 꿈 꿨능가?"
"그란데, 머리는 갠찬하요?"
"내 머리가 어째서? 시방 자네 머리가 잔 이상한 것 같네."
"맴생이가 당신 머리를 박어부렀는데-"
"새북보탐 나를, 맴생이하고 쌈이나 하는 맴생이로 보능가?"
"뙤한 꿈도 다 꿨네-."
할뭄은 다시 누어서 꿈얘기를 했다. 듣고 있던 영감이 해몽을 한다.
"자네가 약 할라는 생각을 너머 많이 항께 고런 꿈을 꾸었네. 가그덜 남세 잠을 설쳤으먼 한 숨 더 눈을 붙이게."
 할뭄은, 아침해가 탄항도 형제섬 우게로 삐찌롬하니 나올 때까장 잠을 자고 나서야 눈을 떴는데 영감은 언새끼 나가고 없었다. 영감이 요새는 갯갓을 돌아댕김시로 자주 쪼구리고 앉어서 바굿독에 붙은 것덜을 유심히 디레다보고는 했다. 집이서 먹다가 남은 것덜을 들고가 갱물에 떤짐시로
"아-나! 개기덜아 이것 먹어라-!"
하고 밥 주는 일도 새로 생겼다. 새로 요 섬에 정이 드는 성 불렀다.
 밥솥에서 된 짐이 나옹께, 타던 나무를 끄집어내고 해우를 뭇치고 있던 할뭄 귀에 영감 목소리가 히미하게 디컸다.
"어야-! 잔 내다보게-! 여그 잔 보란 말이세-!"
 다급한 소리에 놀래, 해우 묻은 손이로 나가 담 넘에를 본 할뭄은 맻 배로 더 놀랬다. 영감이 꺼만 맴생이 커닥시런 놈을 어깨에 들쳐 미고 깍진 집이로 지구다나 올라오고 있었다. 육동네는 달려나갔다.
 그놈을 집이로 끄서다 잡니라고 아적밥을 차분하게 먹고 나서, 둘이는 맴생이 솥에 불을 때고 있었다.

"꿈에 맴생이한테 솥뚜껑을 씌어불던이 참말로 솥뚜껑을 덮었구만이라? 히히히"

할몸은 오져 죽겠는 모냥이었다.

"아, 저놈이 쌈하다가 초도쪽 꼴창이로 떨어져 귀로 물이 들어간 성부르단 말이세? 맴생이는 귀로 물 들어가먼 죽는닥 안 하덩가!"

"암만 그래도 내가 맴생이 꿈을 안 꿨으면 저놈이 거가 넘어져 그라고 있었겠소?"

"그라겠네 할몸. 요놈 고아 먹고 한 달이나 있다가 또 맴생이 꿈을 꾸게, 허허허 - "

할몸은, 허간 짐에 개려지는 영감의 웃는 눈을 잘 볼라고 주름살 있는 목을 질게 뺀다. 정재문을 통해 파란 바다가 뵌다.

물론 요 섬에서 둘이 삼시로보탐은, 암껏도 안 걸치고 뛰어들던 바다다.

〈끝〉

구멍독거 할몸의 맴생이 꿈　67

서울 매누리

영심이는 마당케 앉어서 햇빛을 쬐고 있었다. 음마나 잠이 오는지 고개가 가만가만 처지다가 「저라다가 아주 자빠지제—!」하면 불떡 처들고 또 가만히 처듬시로 눈을 뜬 둥 만 둥 하다가 다시 감고 고 지랄을 하고 있었다.

반침에 앉어 있는 선밧네는 강바네한테 웃어쌈시로 말했다.

"요새는 사람이 잘 먹고 상께 개덜도 잘 먹어서 그라능가 고케도 암내를 무섭게 내까, 웜매 웜매 징하덩거—!"

카만이 있으먼 이정시럽게 말해 주꺼인데도 입 보지란한 강바네는 못 참는다.

"미쳐서 달례댕깁딘자?"

"달례댕기먼 보기나 시언하게? 아주 뽁뽁 뭉치대, 뭉쳐!"

"엎져서라, 앉어서라?"

입을 벌린 차로 궁굼해 죽는 납부닥을 봄시로 선밧네는 한참을 혼자서 웃고 나더니 얘기를 했다.

"참말로 무섭대! 아니, 저 가시나가 서답이 있는 것 같더니 매칠 지낭께는 읍내 숫캐덜은 다 모태기 시작하는데, 끄니 때가 되아도 통 밥먹으로도 안 가고 새꽉에 아주 차분시럽게 앉어 있다가 즈그덜끼리 쌈을 해 쌌더란 말이세"

"한참 좋은 기별이 쏟아지는 집안에 이녁 개도 아니고 놈으 개덜이 와서 개쌈을 해 싸먼 안 되지라! 그란데 뭉치는 것을 잔 말해 보이쇼"

"그래서 대문을 아주 잠거불고 저 가시나를 묶어놨더니, 차라리 저를 죽이제 그라냐는 대끼 앓는 소리를 내 쌌대? 그라더니 이틀 지낭께는 저 미친년이 넙턱지를 쎄멘토 바닥에다 착 깔고 앉어서 뭉치고 댕기더란 말이세!"

선밧네는 또 웃고 나서 말을 잇어갔다.

"아그덜이 눈 우게 탈싹 앉어서 미끄럼 타대끼 아주 그것을 땅에다 비비고 댕겨!"

둘이 앉어서 지 숭보는 것도 모루고 영심이는 계속 자올고 있었다.

"하도 안 되아서 저 알어서 하라고 개줄을 풀어줬더니, 어뜬 놈 새끼를 뱄는가 인자 저케 잠 오는 병이 생긴 것이구만?"

그라자 강바네는 느닷없이 담 넘에 도추바네 집까장 디키게 고래소리를 질렀다.

"그랑께 개제, 어짜겄소! 사람 같으먼 암만 암내를 냈닥 함불로 어뜬 놈 것인지도 모루는 새끼를 배겄소 성님?"

선밧네는 큰소리에 깜짝 놀램시로

"어따 이 사람아, 귀창 터지겄네"

하고는 잘한다는 대끼 눈을 검침시로도 웃어준다.

강바네는 이녁 목구녁도 아푸지마는 소리를 한번 더 지를란다고 말함시로 그쪽이로 몸을 돌리고는 악을 썼다.

"저 가시나가 갱께 그라고도 뜰 밑에 천연히 앉어 있제. 사람 같으먼 여러서 어찌께 집 안에 있겄소! 새끼 압씨한테로 가든 하랍씨한테로 가든 나가사제! 안 그라요 성님?"

 두 예펀네덜은 시방 첨보탐 도추바 한 영감네 막내딸을 두고 숭을 보고 있는 참이다.

 가가 씨집도 안 갔는데 애기를 뱄다는 얘기가 디키자, 상거리에 사는 강바네가 돔밖에까장 달려와 이 기별을 전하고 나서 요새는 시간만 있으면 찾어와 옆집 우새시런 일을 좋아라 하고 있었다.

 수리조합에 댕기는 아들을 글로 장개 보낼라고 말 잘하는 오산네를 심바람 시켰다가 퇴짜 맞은 강바네한테, 조캐 가이나가 어찌께 알었는지 도추바네 막내 딸 애기를 귀띔 해주었다. 강바네가 질로 몬야 달려간 집이 이 집이다. 선밧네가 이전보탐 도추바네 하고 웬수간이라는 사실을 알고 있응께 그랬다. 30년도 지난 일이다.

 그해 큰 가뭄이 들어서 나락이 다 타 죽어가는데 오랫만에 비가 왔을 때였다. 씨압시가 새북에 물꼬를 보로 갔다가 나란히 논을 벌던 옆집 도추바네 아배하고 쌈이 붙었다. 쌈 한다는 얘기를 듣고 양쪽 집안 사람들이 달려가 봉께는, 둘이 다 물꼬랑에서 못 나오고 뻘범벅이 되아 갖고 누가 누군지 통 알 수가 없게 되아 있었다. 한 사람은 중우가 뱃겨져 아랫도리가 맨살이었고 또 한 사람은 적삼이 없어지고 코피를 협박 흘린 큰 쌈이었다.

 마침 장날이어서 오가는 사람덜이 서서 웃어쌈시로 구경을 했다.

 "웃통 벗은 사람! 아랫도리 벗은 사람 그것이 덜렁덜렁 항께 거그다 뻘이나 잔 볼라주고 쌈 하쇼!"

 "다 내놓고 있는 사람—! 그 사람 납부닥이나 잔 딱어 주고 쌈을 하쇼—!"

 매칠 새로 사방천지에 소문이 싹 퍼졌고, 두 사람은 해가 갈수록 사이가 더 벌어지다가 인자 식구덜 간에도 웬수지간이 되아 부렀다.

그래서 서로 옆집에 어먼 일이 생기면 그것을 식구덜대로 솜푸고 댕겼다. 선밧네도 도추바네 막내딸이 씨집도 안 가고 애기를 낳게 되았다고 솜푸고 댕길 참인데 요참에는 강바네가 더 악을 써중께 큰 심이 되고 있다.

선밧네 영감 오행진씨는 새꽉을 나설 때마다 큰 지침을 한 번 하고는 낫낫하게 웃음시로 걸어갔다. 도추바 한 영감이 즈그집 마당에 서 있으면 헛지침 소리를 들을 것이라고 생각하고 있었다.

매칠 전 한약방에서 모태 놀 때 한쪽에서는 화투를 치고 한쪽에서는 바둑을 놓고 또 김약방 첩약 짓는 것을 구경함시로 놀 때였다.

오 영감은 약 저울질을 할 때 한쪽이 많이 지울먼 이녁 집안이 무건 쪽이고 가반 놈은 도추바네 집안이라고 생각함시로 말을 끄집어 냈다.

"학실히 한약이 양약보담 낫어! 자연이치를 깨득하고 저케 저울로 달아 지어놓게 몸에도 좋고 부작용도 없응께 나는 생견 한약만 먹어."

요 말은 자연이치를 들맥여 여자는 예를 올린 담에 애기를 낳아야 한다는 도덕의 이치를 강조하는 것이었다.

그라자 한연 옳은 소리만 하는 김 영감이 젚에서 말을 했다.

"자연 이치대로 하먼 머시던지 탈이 없제! 콩 심긴 데 콩 나고 폿 심긴 데 폿 나는 것 아니여? 큰애기가 씨집 가먼 애기를 낳고, 코를 되게 맞으먼 코피가 나는 것도 다 자연 이치고."

코피 얘기는 오 영감 속을 꽉 씨셔 놓았다. 고 때 꼬랑청에서 어런덜이 쌈 할 때 이녁 아버지가 도추바네 아배한테 코를 맞고 피를 많이 흘렸던 기억을 다시 해사 되기 남세 그란다.

그래서 밥 먹다가 도꽉 씹은 상호를 짓고 있는데 누군가가 기맥힌 발언을 해 줬다.

"아, 요새는 씨집 안 간 큰애기덜도 애기를 안 배덩가? 저 누산네 딸도 소문이 났덩만!"

오행진씨 표정이 금방 낫낫해지더니 기연이 짚을 데를 짚고 넘어간다.

"옆집에 산다고 나한테 물어들 봉께 대답하기도 징하구만!"

요 말을 하자 도추바네 사둔 서 영감은 가만히 일어나 나가 부렀다. 앉아 있다가는 먼 말을 이녁한테 물어볼지 모릉께 그란 것이다.

쩌참에는 도추바네가 이쪽을 총공격했던 일이 있었다.

감기 몸살로 사날 누워 있었는데 "댕구다리가 곧 죽게 되았응께 돈 받을 것 있는 사람덜은 모도 받어부러사 된다"고 말하고 댕겼다.

그 통에 사람은 아퍼서 맥을 못 쓰는데 돈 주라고 찾어온 사람이 서넛 되았다. 「댕구다리」라는 이름은 장단지가 하도 퉁퉁한께 댕구다리 병에 걸린 것이라고 도추바가 지어논 별명이었다. 그란데 요참에는 입장이 바꿔져 이쪽이 공격을 하는 참이다.

도추바 한 길산씨는 댐배를 거퍼 핌시로 할뭄을 돌아다 봤다.

"내가 우사시러서 못 돌아댕기겄네. 요노무 소문이 어찌께 된 것인가? 저노무 가시나가 먼 일이 있당가? 자네는 먼 속인지 알제?"

포산네는 모든 탓을 옆집에 떠넁게 쳤다.

"아이고 아이고, 새끼 키는 사람은 늠으 말을 못하는 뱁인데 어째 댕구다리네는 그란다? 내가 애기한테 물응께는 쩌참에 동창덜 만나 갖고 오종애 회를 먹었는데 잔 상했던가 그놈을 한번 먹고는 헛기역질을 할락 항께 소문이 퍼졌닥 하요. 병원 댕기는 강바네 조캐 가이나가 그란 성 부르요. 어따 친굼시로 가그덜이 이가 안 좋다. 강바네하고 댕구다리네는 나한테 한 번만 잘못 걸리면 아주 쥐딩이를 문티더 놀라"

하고 피리소리를 높이고 나서 영감 눈치를 봄시로 나가부렀다.

도추바는 튀어나온 뒤꼭지를 긁음시로 댕구다리 다리를 아주 뿐질러 부러야 속이 시언하겠다는 생각을 했다. 그란데도 소문에 듣자 하니 서울에 있는 그집 아들놈이 무지한 부잣집 딸한테 장개를 간닥 항께 소화가 안 되아 신트럼만 자주 나오고 있다. 도추바 영감은 재 넘에 하랍씨 선산을 생각했다.

여자 사타구니 형국에 산소를 쓴 담에 그 알로 방죽이 막어지더니 가시나덜이 큰년, 장가이나 둘다 예 디리기 전에 애기를 뺐고, 또 막내까장 요런 소문이 있응께 할아버니 산소가 원망스럽기조차 했다.

그래도 그 뭇 땜시 남자 손덜이 많이 퍼지고 잘 된닥 항께 어짤 수가 없다는 생각도 했다. 댕구다리는 삼대독자를 두었제마는 이녁은 아들이 넌이나 된께 앞으로는 문제 없다는 것이었다. 그이는 폭 나온 앞꼭지에 송글송글 묻은 식은땀을 닦고나서

"두고보자 댕구다리!"

함시로 이빨을 오도독 갈었다.

옆집 댕구다리 오 영감네 식구덜은 밤이 짚어가는 줄도 모루고 얘기를 나누고 있었다. 선밧네가 장가를 봄시로 말했다.

"아야, 요새는 돈이 너머 만해도 탈 아니던? 신문에 극케 났담시로야? 느그 성 될 큰애기네가 서울서 겁난 부자락 항께 나는 그것도 꺽정이다!"

"만한 것은 어먼 것이 아닝께 그런 꺽정은 냅둬!"

오 영감은 부난빠진 할뭄 말을 막고는

"하여간 시한에는 예를 올리자고 또 전화를 하게. 요런 일은 후딱후딱 해사 써."

함시로 소를 한 마리 잡어사 쓰겄다고 말했다. 삼대독자가 서울 부잣

집 딸하고 결혼한다는 사실은, 웬수놈의 도추바네 딸이 밤모실 돌다가 어떤 건달 씨를 뱄다는 사실과 아주 건사하게 비교되어 생각할수록 기분이 좋았다.

선밧네도 요새 잠을 잘 못자는 형편이었다.

"서울서 온 꺼만 자가용 차덜이 엄마나 질게 늘어설지 모루고, 팔자가 축 늘어진 느그 오랍씨는 차에서 내릴 때 운전수가 문을 열어줘사 내리꺼잉께 인자 봐라! 인자봐라 도추바네 식구덜 비 맞은 달구새끼덜 같이 후줄군 해갖고 우리 눈치만 실실 보꺼잉께! 나는 요새 고 생각만 하면 잠도 안 온다"

장가도 한자루 거들었다.

"나도 막내네 아배 튀어나온 앞꼭지가 껌해지는 것 잔 보고잡으요"

반침에 앉아 있는 선밧네는 강바네를 봄시로 말했다.

뜰밑에 영심이는 인자 고개를 뱃속에다 새리고 차분시럽게 자고 있었다.

"아침에 전화가 왔대"

"서울에서라?"

"그라암! 예 디리기 전에 큰애기를 댁고 올랑 것이네. 가그덜 오먼 자네도 놀로와사 써!"

"와사지라! 내가 와서 춤 춤시로 여그하고 도추바네 새꽉 하고를 왔다 갔다 할라!"

"모래 온닥 항께 집안에 칠 것 잔 치고 먹을 것 잔 맹길아사 쓰겄네. 벨이 장잉께 아적나잘 장 봐서 하면 안 되겄능가?"

"나도 바쁘제마는 장을 같이 보입시다!"

강바네가 더 걸쌈을 내고 있었다.

늦가실 해는 일찌가니 진다. 서울에서 4시 이십분에 출발하는 뻐쓰가 아곱시 반에 도착한다. 식구덜은 서울 손님하고 같이 먹어야 된께 모도 저녁을 안 먹고 있었다.

버스 터미널 어둑어둑한 나무 이자에 앉아있는 선밧네와 장가이나는 버스가 도착할 때마다 일어나서 확인을 하고는 다시 주저앉고 있었다. 연락도 안 했는데 강바네가 나타났다.

"몇시에 도착한다?"

"인자 곧 오겄네. 저녁은 먹었능가?"

"예, 밥 먹고 경 치고 있응께 좀이 씨셔서 못 참고 왔소."

아곱시 반이 되아가자 웃동네 당숙 내외, 읍에서 사는 두 딸 내외하고 아그덜, 섬밖에 외삼춘 내외 등등 친척덜이 모태기 시작하는데 모도들 납부닥이 훤하니 경사시런 분위기에 알맞은 표정들이었다.

뻐쓰 한 대가 또 도착한다. 눈 볼근 장가가 소리질렀다.

"서울차요! 유리창에 서울이라고 안 써졌오?"

"서울차다—!"

모도들 소리를 질르고 차는 코 앞에 정거 했다. 손님덜이 내리기 시작 했다. 장가는 차 속에 섰는 얼굴을 찾어냈다.

"쩌그 있소! 오빠!"

"어디야? 어디가 있어야?"

"오매 오매 참말로 쩌그 서 있구나!"

"뒤에 섰는 큰애기가 서울 매누리인 것이요. 으따 으따 이삐기도 한거—!"

강바네 목소리가 어둠을 찢는 것 같었다. 훤하게 채린 아들은 내리자 말자 엄매를 불렀다.

"엄매, 나 왔네!"

"오냐 내 새끼야 왔냐? 느그 신부 될 큰애기는?"

"여그 내리요"

마중 나온 사람들은 잘 채린 큰애기가 땅에다 발을 딛고 내리자 모두 탄성을 질렀다.

"오메—! 저케도 이뻐까—!"

그라고 나서, 닥아서는 서울 매누리를 봄시로 모두 정신이 어질 어질 해졌다. 극케도 이쁠 수가 없었던 것이다.

요 어질끼덜은 좀채 안 없어지더니 모든 사람덜을 완전히 어지럽게 맹길아 뿌렀다. 어둠 속에서 걸어와 당당하게 서 있는 서울 큰애기는 찬찬히 봉께 도추바네 막내 딸이었다.

"추운데 빨리 집이로 갑시다. 나는 배고파 죽겠소"

삼대독자는 그 큰애기를 댁고 시장통을 앞장서고 있었다.

남재기 사람덜 가운데 움직이는 사람은 상거래 즈그 집이로 가는 강바네 한 사람 뿐이었다. 그녀의 맥알탱이 없는 걸음을 어둠이 생켜불고 있었다.

〈끝〉

복실이, 깎금에서 죽다

손지를 업고 있다가 깡뚱하게 매진 띠를 풀고 막 내래놓께 똥을 싼 것을 함씨는 무척 좋아함시로 개를 불렀다.
"워-리! 워-리! 복실아, 워-리! 이노무 개가 어디를 갔댜? 워-리!"
그라고는 몇 태죽 기어간 큰놈을 쫓아가서 딜애다보는 돌깨네 입갓에 웃음이 헙박 생겼다. 오져 죽겄는 것이다.
"악아! 애보롯이 앉지마라, 넬찔라! 그란데 복실이 그 년은 먹을 복도 없능가, 해필이먼 요론 때 꼭 없능고?"
하고 두룬거리고 나서 허리를 쭉 피던이 입을 커나크게 벌였다.
"워-리! 워-! 아이고 목구멍아, 리!"

쪼깐 있응께 복실이가 질겁이 나갖고 새꽉에서 홀딱 홀딱 띠어와서는 반침 밑에서 꽁지를 흔들어 쌈시로 올라오고 잡어 했다.
"이 가시나야, 어디를 갔던? 얼른 올라와 먹어라!"

복실이, 깎금에서 죽다 79

개가 말귀를 알어들은 대끼 뛰어오르자 큰놈네 함마니 돌깨네는 그 절이로 가서
"싹싹 칼칼 어서 먹어!"
하고 깨깟이 먹어 치라고 부탁한다.
개 뒷쪽을 보고있던 돌깨네는, 사람이나 짐성덜이나 사타군이 쪽 생긴 것은 거가 거그라는 이치를 알어냈다.
"그 옆에도! 칼칼 제제!"
복실이 앞쪽이 서둠시로 맛있게 먹는 만큼 넙턱지 쪽도 그만큼 촐랑댔다.
싸-ㄱ 할터먹고 복실이가 새팍이로 나가자 훈이네 함씨는 말했다.
"저 가시나가 먼 모실을 극케 돌아댕기능고? 먼 병이까?"

그날 저녁밥을 먹음시로 식구덜은 복실이 얘기를 했다. 혼자서 뒷 깎금이로 달려댕기는 것을 여러 사람이 보았다는 것이고, 집안에서 똥만 먹는 줄 알었더니 사냥을 잔 할 썽 부르다는 얘기도 하고, 암내를 낼 때도 되었다는 말이 있었다.
옥달로 째 논 것 같은 눈을 깜막 깜막하던 매누리는, 직장일 땜시 집안 지키는 일은 맨당 씨엄씨한테 맥기고 밤나 돈 얘기만 끄집어낸다.
"얘, 훈이네 아배! 백돌 찍어놓고 카만이 있지만 말고 여그저그 잔 돌아댕김시로 폴 생각 하쇼. 여관 짓는 데는 누구네 것을 쓴닥 합딘쟈?"
하고 숟꾸락을 든 차로 물었다.
"카만 있어! 나는 시방 복실이 생각을 하고 있응께"
영섭이는 개가 사냥을 하는, 이러트먼 사냥개가 된다는 생각을 하고 있었다.
"이름난 사냥개가 되먼 그 새끼 한 마리에 엄만 줄 알어? 그라고 에미

값이 스무 배는 올른다는 것을 알어사 써! 백돌만 돈이당가?"

그라자 엄매가 한 말씸 했다.

"큰놈네 아배야! 우리 개가 참말로 극케 비싸게 되꺼나?"

"인자 두고 보쇼. 내일보탐은 쌩판 다른 개가 됫 것잉께"

다음 날 아적에 한 시간쯤 손을 보고낭께 복실이는 딴 개가 되아뿌렀다. 우선 개 납부닥에다 뻘간 물가심을 볼라놨다. 입갓에는 꺼만색이로 퉁겁게 칠하고 물팍밑으로는 국방색이 되게 했다. 그라고 꼴랑지를 사자같이 맹간다고 끄틋머리털은 기양 두고, 남재기를 똥태피까지 가세로 몬질라부렀다.

누가 봐도 복실이가 아니다. 허-가던 백구가 아롱이가 되았다. 꼭 여시하고 들게댁이하고 부대붙여 논 것 같었다. 그래도 그 개는 이리 뛰고 저리 달림시로 부산을 떨었다. 식구덜하고 오랫들 사람덜은 놀램시로도 배를 잡고 웃었다.

개 꼬락산이가 꼭 화장한 애팬네 탁했다고 속이로 웃던 영섭이는, 댓세 전에 조영씨가 와서 개를 착 보드니 고개를 끄덕임시로 한 말이 생각났다.

"암놈이어도 저 커나큰 대가리, 용마람 같은 허리, 말똑 같은 다리, 눈에 있는 촉기, 잘 돌리는 꼴랑지, 연습시키믄 사냥 잔 하겄네!"

반침에 앉어서 주먹을 뽈깡 쥐고 개를 보고 있던 그의 머릿속에는 노리 한 마리가 복실이 앞에서 벌벌 떨고 주저앉는 꼴이 보였다.

고 다음보탐 식구덜은 개가 집에 있는 것을 어머했다. 밥만 먹으면 깎금이로 몰아대꼈다.

"가서 노리 잡어라! 그래사만 니가 비싸게 됭께"

엄매도 아들 매누리도 다 똑같았다.

그 뒤로 딱 열흘 만에 일통이 터졌다. 이 사건은 읍내에 소문이 싹 퍼졌다. 개또깨비가, 이러트면 복실이가 노리 새끼 한 마리를 잡었던 것이다.

"모르제, 그노무 노리 새끼가 높은 바굿독 우게 올라가서 온요-o 하니 있다가 또깨비 코 앞에 뚝 떨어졌는지도."

요케 말하는 사람도 있었지마는 좌우단간에 그놈을 끅고 샘밭등 오바네 밭두렁까지 왔던 것만은 사실이다. 영섭이는 물팍을 탁! 쳤다.

"되았다!"

라고 함시로.

그는 노리개기를 엿 쪼각 만큼썩이나 싸서 여러 동네로 보냈다. 말 하작 것도 없이 선전이었다. 땅골 이장네부터 통샘거리 개장시네, 군청 공보실 박계장네, 이기자네, 교육장 운전수네… 다 실 것도 없이 스무 집을 보내고, 지름태기는 놔뒀다가 그날 밤 나뭇거리에 모태 있는 사람덜하고 쇠주에다 나나 먹었다.

이 사건이 있은 담부터 복실이는 또깨비에서 노리 잡는 귀신이 되아부렀다. 소문은 주먹탱이 만한 영섭이네 갱아지가 소 만한 노리를 잡어서 그것을 읍네 사람덜이 거지반 나나 먹었다고 나돌았다.

그라고 나서, 개 쥔 영섭이는 「우리 개는 안 폰다」는 말을 자주 하고 댕겼다.

그란데 두 달이나 지났을까? 어느 날 부처님이 돌아앉는 일이 생겼다. 아적나잘 집을 나간 귀신이 저녁나잘이 지나고 밤이 되아도 소식이 없었다. 식구덜은 밤늦게까지 꺽정을 하다가 잤다.

다음날 새북에, 영섭이는 애가 타갖고 풀이실을 텀시로 깍진 밭질을 올라 깎금이로 찾으로 갔다. 쉴참 때가 되아서, 식구덜하고 오랫들 사람덜이 대지김 생각덜을 말하는 어지런 것덜을 깨깟이 없애주는, 그람시로도 그 생각덜 가운데 어뜬 것하고는 칵 들어맞게 학실한 한 장면이 생겨났다.

영섭이가 오른쪽 어깨에 개를 미고, 왼손에 노릿채를 쥐고는 깎금에서 내래왔다. 노리를 잡을라다가 노릿채에 걸려서 지가 죽은 것이다. 즈그 집을 향해서 걸어오는 그 사람한테 아무 말도 못 붙이게 맥알탱이가 싹 빠져 있었다. 오랫들 사람덜만
"오메 오메 짠한 거, 어째사 쓰꼬!"
하고 즈그덜끼리 말할 뿐이었다.

집에 들어선 그는 죽은 복실이를 안 다치게 땅에다 내래놓고 나서 노릿채를 내던지는 것도 잊어불고 뜰바닥에 텁썩 주저앉았다.

각씨 목소리도, 엄매하고 딴 사람덜 말소리도, 한나도 안 디켰다. 꼭 황투로 맹길아 앉체 논 사람같이 뵈었다.

복실이 납부닥에 칠했던 뻘간 물가심이 바래서, 인자 거진 허간색이 되았다는 것을 개미침침한 눈으로 알어낸 영섭이는, 꾸끔시럽게도 화장 안 했을 때의 즈그 각씨하고 물가심을 안 칠했을 때의 복실이하고 솔찬이 탁했다는 생각을 했다.

그는 노릿채를 뽈깡 쥐고 땅바닥을 침시로 일어났다.
"집이나 지키락 했으면 안 디직 것인데 멋 할라고 깎금이로만 보냈냐 이 뚜부야!"
보나마나 이 말은 지가 저보고 한 소리제, 맨탕 없는 사람한테 한 것이 아니다. 한참 서 있던 영섭이는 노릿채를 복실이 배 우게다 떤져불고 성냥불을 댕길아 붙였다.

햇빛은 죽어있는 복실이를 보둠고, 댐배영기는 하눌로 올라간다.

<끝>

[도독놈 소굴]

　읍내장이 파한다 치라면 괴기판장이나 티밥장시, 되거리 장시덜이 다 가분 담까장도 술 췐 사람이 두서넛 돌아댕기고, 질갓에 펴 놨던 옷장시도 니아까를 끅고 장테를 벗어난다.
　그라다가 저녁나잘 쉴참 때가 되면 북새통이던 장바닥이 쏘내기 지난 것 같이 존용해짐시로 신문지 쪼각 비니루 봉지덜만 여그 저그 어지러져 남는다.
　기연이 한바탕 난리를 친 후끗이다.
　오눌도 장시덜은, 한나도 안 냄기고 본전에 폰다고 소락지를 질렀고, 한 쪽 구석에서는 야바구꾼덜이 즈그덜끼리 돈을 잃고 따고 하다가 홀칵 하고 달라든 숫더배기 깨댕이를 뱃겨놓았다.
　촌에서 온 아짐은, 고쟁이 속 주마니에서 돈이 그대로 있는가 없는가 꺽정되아서, 한참을 걸어가다가 한쪽에 엉거지침하고 서서 옷 속이로 손을 쑥 여갖고 더듬거리곤 했다.
　밤이 되면 장테 사람덜은 보통날보담 더 빨리 잠에 빠진다.
　아매도 장날에는 고케 보대낑께 일찌가니 눈에서보탐 심이 없어지는 성 부르다.

도독놈 소굴　**85**

김사장네 집은 장테 큰질에서 좁장한 샛질로 들어가다가 오룬쪽이로 꺾어진 데에 자리잡았는데 시방은 불이 꺼져 있다.

그도 그랄 것이, 즈그 각씨는 부천 세무서에 댕기던 오랍씨가 인자 사업을 한다고 직장을 고만뒀닥 함께 먼 일인고 하고 가보로 가고 없고, 서방은 매칠 전보탐 해남에서 보따리로 싸 갖고 간 장부를 조사받고 있응께 집이 빌 수뱍에 없었다.

쇠대문은 안에서 단단하게 잠가지고 집안은 온통 캉캄하기만 하다.

누가 봐도 게댁이 새끼 한 마리 없는 집잉께 전화만 저 혼자 울다 심이 팡질 판인데, 사실은 큰방에 두 사람이 앉아서 댐배를 뽈고 있었다.

이마빡 뱃겨진 놈이 옹니 이빨을 보임시로 동업자를 다구쳤다.

"야 임마, 시방 우덜이 누구냐? 도독놈 아니냐아! 그란데 놈으 집 와서 전화만 울리면 받을라고 그래싸? 느그 애인인 줄 아냐, 이 초랭이 방정 같은 놈아"

그라자 이마빡에 주름살 만한 놈이 실수할 뻔한 주제에 대꾸를 했다.

"너는 도독놈 주제에 어째서 소리가 극케 크냐? 학실히 직업에 비해서 목소리가 너머 커, 임마!"

그라고 나서 둘이는 서로 주의하라는 표정을 한참 짓고 있더니 한꾼에 웃다가 즈그덜 손이로 즈그 입을 막았다.

"히히히 힙!"

두 도독놈은 댐배불을 끄고 나서, 요새는 사람덜이 워낙 단도리를 잘 해붕께 외러 즈그덜이 연구를 더 해사 쓴닥 함시로 일어났다.

"잔 쉬었응께 일을 해사 먹고 살제?"

작은 손전기를 들고 빼다지라는 빼다지는 다 뒤지고 이불 속도 떠들어 보고 있는데 배깥에서 큰 소리가 디쳤다.

[쿵—!]하는 소리였다.

빈 집인 줄 알고 도독이 담을 넘어 온 것이다.

도독놈덜은 전기를 끄고 창문에다 귀를 갖다댔다.

쪼간 있응께 발태죽 소리가 있더니 대문 끄르는 소리가 났다. 나갈 때는 당당하게 나갈 참인 성 부르다.

"군자대로행이라더니 저 도독놈은 크게 노는 놈인 모양이구나……"

"카만 있어봐, 저 놈을 잡어서 경찰서로 댁고 갈랑께."

이마빡 뱃겨진 놈은 본래 간이 커서 도독질 하로 댕기다 도독놈을 여러 번 잡어 경찰서로 넘긴 일이 있었다. 그래서 상도 타고 밤에는 또 지 일을 보로 나댕겼다.

그는 가만이 문고루를 뱃기고 있었다.

도독놈 발태죽 소리가 다시 디킹게 느닷없이 문을 탕 열더니 반침에 탁 버티고 성께는, 그 도독놈이 놀래갖고 대문 쪽으로 달리는데 이쪽도 다구진 주인인 양 쫓아간다.

큰질에 있는 가로등 정기불이 골목을 살짝 비치고, 도독놈덜끼리 한 놈은 내빼고 한 놈은 쫓아강께 이마빡에 주름살 만한 도독놈은 대문에 서서 웃고 있었다. 그라고는 집 안이로 다시 들어갔다.

앞서 달려가던 놈은 큰질로 막 나설락 하는데 순경 둘이가 지나강께 부로꾸 담에다 몸을 착 붙이자 이마빡 뱃겨진 놈이 뻔개같이 그놈 맥살을 잡더니 주먹을 도팍같이 쥐고는 오목가심을 내질러 부렸다.

그라자 폭 꼬꾸라지는 것을 일세서 갖고 주마니를 죄다 뒤져서 돈이 있는가 보고는 파출소로 가자고 큰소리쳤다. 허리띠를 뒤에서 헬가니 치켜들고 가다가, 장테 니거리에 있는 교통순경한테 인계했다.

"여그 도독놈을 한 놈 잡았응께 덱고 가서 조사 잔 해보쇼!"

순경은 암껏도 안 둘렀다고 뻗대는 놈을 차에다 집어옇고 나서 말했다.

"주인 아저씨도 한꾼에 가서 조사를 잔 받어주쇼."

"머이라? 내가 뭔 죄가 있다고 조사를 받어라?"

"그래야 조서를 꾸미지라. 미안하요"

"그라면 얼른 가서 집사람한테 말하고 파출소로 가꺼잉께 그놈을 덱고 핑하니 몬자 가이쇼"

하고는 대답도 안 듣고 돌아서서 걸음을 서둘렀다.

요 간이 큰 도독놈이 다시 그 집이로 간 것은, 큰방 하고 붙은 작은방에 케비넷뜨가 있는데 마즈막으로 그것을 뜯어 보기로 했었기 땜세다.

대문은 고대로 열려 있었다. 그는 농구화를 신은 차로 반침을 올라섬시로 동업자를 점잖게 불렀다.

"오계장, 어디 있어?"

"아, 과장님 마침 이 사람이 와서 지끔 케비넷뜨를 열고 있습니다. 중요한 것은 여그다 감친 모양입니다."

"그래? 시간을 잘 맞처 왔구나. 호송차 오라고 전화 했어?"

이 말이 있자 케비넷뜨를 열고 있던 집주인이 납부닥을 내밀더니 코앞에 닥아선 도독놈한테 살례주라고 빌기 시작했다.

"과장님이신 모냥이신데 먹고 살라고 서둘다 보면 더러 실수란 것이 안 있습닌쟈? 한 번만 봐 주시먼 인사를 크게 할랍니다."

함시로 물팍을 착 꿇고 죽을 상을 짓고 쳐다본다.

"머? 인사를 크게 해? 카만 있어, 인사를 크게 한다고 그랬어. 내가 시방 인사 받으로 돌아댕기는 줄 알어?"

"아이고 과장님, 죽을 죄를 저질른 이놈을 한 번만 살례 주십쇼."

"요노무 집구석이 순전이 도독놈 소굴이구만!"

"먼 말이심쟈 과장님? 나는 실수를 했제마는 우리 집사람하고 아그덜은 교회밲에 모르는 착실한 식구덜인데 도독놈 소굴이라니요"

"머여? 대꾸해?"

"예 예! 과장님, 여가 도독놈 소굴입니다. 한 번만 살례주이쇼."

"죄 진 것은 미어도 저래 싸면 액쌍해서… 요랑께 내가 현장에 안 올락 한다 이말이여! 좌우당간 일어나서 저것을 열어 봐!"

집주인은 하던 일을 끝냈고, 양짝 문이 열링께는 계장이 손전기로 안을 비쳤다. 우 아래 칸에 문서딜이 있고 맨 우게 신문지 뭉치가 있었다.

정기불이 그것을 한참 비치고 있응께 주인은 얼른 그놈을 집어낸 담에 문을 다시 닫음시로

"어서 큰방이로 가입시다."

하고는 둘이를 보둠대끼 밀고 작은방을 벗어났다.

"대충 누가 고발했는지 압니다마는 그놈 새끼가 진짜 도독놈이요."

"노무 말 할 것 없이 당신 말만 해. 저질른 죄 만큼이나 큰소리를 치고 있어 시방!"

두 도독놈은 미리 짜도 안 했는데 손발이 짝짝 잘 맞어가고 있었다. 과장이 결론 같은 말을 한다.

"죄다 도독놈덜이여!"

"진짭니다. 나는 도독놈은 아닙니다. 도독놈은 도독질이 지 일인데 나는 돈만 벌라고 애를 쓰고 있습니다."

"우덜이 시방 당신 하랍씨가 잘못한 것까지 쏵 조사를 했는데 먼 소리여?"

집주인은 과거지사를 더 이상 말하지 말자고 함시로 신문지 뭉치를 내밀었다.

"매칠 뒤로 과장님을 다시 찾아 뵐랍니다. 오늘은 안 오신 것으로 잔해 주이쇼."

"요랑께 내가 안 올락 하는데… 오계장, 알어서 해!"

"예, 과장님. 첨이다고 해쌍께 요 한 번만 봐 줍시다."

두 사람이 대문을 벗어남시로 쇠문을 쾅! 하고 닫자 혼자 남은 집주인 김사장은 지구다나 정신을 가닥 잡어갔다.

해남에서 와 갖고 집에 막 들어성께 문이 열려 있었다. 어뜬 놈이 살림을 뒤지고 있었는데 요참 사건 땜시 수색을 왔구나 하고는 가심이 철렁 내려 앉었지마는 크게

"누구요?"

항께는

"당신이 주인이여?"

하고 나서 여유 있게 뭣인가를 뵈 주었다.

왼쪽 가심팍에서 지갑을 내 갖고 쫙 피는데, 뻘간 줄이 둘 끗어진 것 하고 글자는 한나도 안 뵈는데, 고 옆에 여자하고 같이 찍은 사진만 눈에 들어왔다. 이뿌게 생긴 여자였다.

그라고 나서 지갑은 곧 다시 들어가부렀다.

"수색을 하로 기관에서 나왔오."

요 말이 눈을 캉캄하게 맹길아 부렀고 돈은 잔 없어졌제마는 다행히 사건은 막은 셈이라 죽었다 살어난 심정이었다.

그란데 지갑에 있던 그 여자는 어디선가 본 납부닥이었다.

그는 「어디서 봤드라…」 하고 궁리를 거듭하다가 눈하고 입이 대고 커졌다. 기억이 났던 것이다.

그저께 요번 일로 술을 마셨는데 고 때 봉을 끊고 온 철마다방 아가씨였다.

옆에 앉은 아가씨하고 즈그끼리 하던 말이 생각났다.

"아야, 느그 애인이 왔담시로"

"철마여관 202호로 전화해. 술 한 잔 사께."

"뭐 하는 사람인데?"

"사업가"

"거창하게 나오는구나"

"사업간지 도독놈인지 학실히는 모르는데 돈은 잘 써! 그 사람 친구를 소개해 주께."

집 주인은 급하게 전화를 돌리는데 한하고 통화중이다.

"요런 도독놈 새끼덜! 원매 원매 나 죽겄능거, 과장하고 계장? 기관에서 왔어?"

시부렁거림시로 전화를 연방 돌려도 통화가 안 끝나고 있다.

"요놈 새끼덜을 잡기만 해바라. 닭 모가지를 맹기꺼잉께!"

애럽게 철마여관에다 물어봉께 202호 손님 둘이는 15분 전에 계산을 마치고 떠났다고 한다. 그래서 진도대교 검문소를 불렀다.

"금방 도독놈 둘이가 내 돈뭉치를 뺏어갖고 그쪽이로 내뺐응께 잔 잡어 주쇼! 예? 자가용인지 택신지 모르지라. 내 전화는 물어볼 필요가 없오. 시방 경찰소에 미리 가서 지달리고 있을라!"

김사장은 서둘러 경찰서로 향했다.

"시상천지에 요런 무지한 놈덜이 있으까, 도독놈덜이 큰 소리를 쳐?"

경찰서 정문에서 보초를 서고 있던 순경이 허리를 꾸부정함시로 물어본다.

"먼 일로 오셨오?"

"도 도독놈덜이 잽혀갖고 일로 오꺼시오."

"도독놈덜이라? 그란데 어찌께 그놈덜이 잽혀 온다는 것을 아요?"

"아니, 요런 숭악한 놈덜이 있겄소? 도독이 댑데 매를 든다고 기관에서 왔닥 함시로"

그는 눈에 횐창을 협박 보임시로 분을 못 참고 있었다.

"문제가 붙은 그 서류를 놔두고, 내가 돈 보따리를 중께는 그놈을—."

"카만 카만, 그랑께 그 서류 땜시 돈을 줬는데 알고 봉께 도독놈덜이더라 그말 아니요?"

그제사 김사장은 정신을 채렸다. 자칫 하면 즉석에서 잽힐 성 불렀다.

「그놈덜이 틀림없이, 수색을 한닥 항께 손이 발 되도록 빌더라고, 무지무지한 야바구 문서가 방안에 있다고 악을 쓸 것이고, 그란다 치라면…」

하고는 가만히 뒷걸음질을 치다가 뭣이 비비하게 내빼기 시작했다.

뒤에서 휘갑 부는 소리가 디킨다.

"저놈 잡어러—! 저놈이 도독놈이더—!"

가로등 밑과 어둠침침한 데를 지껴 군강공원, 땅골재, 진도고등학교, 오리장을 지나고 함시로 그이는 죽고살고 달렸다. 납살 먹어서는 그케 달려본 일이 없응께 숨이 칵칵 맥혔다. 읍내를 한 바꾸 돌다시피 해서 용두리 묏볼간을 지나 장테 즈그집이로 죽을 심을 다 해 달리고 있었다.

이러트먼 도독놈 소굴로 달려가는 참이었다.

그란데 이 시간에, 파출소에서는 집주인이 안 옹께 순경 둘이서 「쿵—!」 하고 담을 넘어 왔던 도독놈을 넥고 그 집 골목을 들어서고 있었고, 경찰서에서는 잽혀온 도독놈덜을 차에 실고 있었다. 우선 아까 내뺀 그 사람 집을 가보기로 한 것이다.

요란 줄도 모루고 즈그집이로 달리고 있는 김사장 모가지를, 팔랑거리는 넥타이가 자꼬 감을락 해 싼다.

〈끝〉

갈쿠나무

 늦가실 아침해가 면장네 산 동쪽 꼴랑지를 넘어 온 지 오래다.
 행낭채 기림자가 질-게 엎져 있던 순단네 마당케는 인자사 햇빛이 눈부시게 까득했다.
 나락 가실도 다 끝내부렀겄다 감자도 캐 딜였것다 바뿐 일이 거작 없어져, 동네 아짐덜은 갈쿠나무를 하로 갈라고 한나 둘 그 집이로 모태고 있었다.
 요 시간이먼, 조반 먹은 경을 치고 반침도 대충 문텨놓고 난 참이다.
 산 우게 서려 있던 뿌우얀 아적끼가 다 없어지고 인자 파아란 가실 하눌이 완연히 드러나고 있었다. 그래서 오눌도 아짐덜이 갈쿠나무를 하기에 존-날이 되고 있다.
 "순단네, 설거지 다 끝냈능가?"
 "잘 잤능가?"
 "밥 먹었능가?"
 배깥에서 나누는 인삿말덜이 심이 졌다. 행낭채 방안에서는 나설 채비를 마친 새각씨 영미가 거울 앞에 서서 이녁 모양을 봄시로 웃고 있었다. 머리에는 밤색 빵모자를 쓰고 재색 고리땡 바지에 녹두색 잠바를 입었다. 가심팍에 달고 있는 연두색 산호 브롯지가 거울로 봉께는 더 이뻤다. 남편 명수가 사랑을 고백하던 날 주었던 선물이라 오눌까장 하루도 그것을 안 차고 보낸 적이 없다. 넉 달 전 결혼식에서도 면사포에 그놈을 달었다.

그것은 "숫원앙이 지 짝을 떠나지 않듯 평생을 함께 하고 싶습니다!"라고 했던 고때의 말을 이녁 심장에 대고 반복해서 디켜주는 물건이었고, 남편 명수의 최초의 사랑표시이며 그 브롯지를 가심에 참으로 해서 스스로 자랑스런 소중한 물건이었다.

"서울 새각시는 일어났당가?"

배깥에서 곤 나서자는 주문이 왔다.

"네-! 지금 갑니다"

영미가 방문을 열자 다섯 명의 동네 아짐덜이 볼근 얼굴을 이쪽이로 돌렸다.

"안녕히들 주무셨어요?"

"어이, 서울 새각씨가 우덜하고 한꾼에 갈쿠나무를 하로 간닥 항께 기분이 좋네"

"자네같이 이뿐 새댁이 나뭇동을 머리에 이고 올 수 있을랑가 몰라?"

"우덜이 요새 갈쿠나무를 날마당 해 온닥 해도 이따 해보게마는 나무를 긁어 모태는 일도 배사 잘하니."

그라자 집퀸 아짐 순단네 엄매도 한자루 했다.

"진작보탐 댁고 가주라고 졸라 쌌턴이 기연이 어저께 장에서 갈쿠까장 한 자루 사 갖고 보챙께 할 수 없네. 소원풀이로 한 번 가보세."

새꽉을 나선 여섯 나무꾼덜은 동네 맨 우게 자리한 경주박씨 지각을 지남시로보탐은 작은 영이네 밭두럭 샛질로 들어섰다. 여자덜 행렬은 오지네 깍진 밭두럭 샛질을 따라 산이로 싸묵싸묵 이동했다. 모도들 갈쿠를 한 자루썩 들었는데 거그다가 나무를 묶을 새내끼 대여섯 발썩을 쩌매갖고 있었다. 또 낫을 한 자루썩 차고 있는 여자덜 넌이는 솔나무 잎삭이나 솔방울만 긁어오는 것이 아니라 솔가지도 잔 쪄서 가져올 속셈이었다.

모도 몸빼에다 잠바나 세타를 입고 허간 수건을 썼다. 질게 줄을 멩길아 산이로 올르는 여섯 여자덜의 모습은 꼭 사냥꾼덜이 총을 들고 가는 것 같았다. 산이 차차 가차짐시로 뒤를 돌아보면 진도읍이 쩌 알로 내래다 뵈고, 안 뵈던 산넘에 산이나 동네, 그라고 그 동네로 가는 질덜이 나타나고 있었다.

읍내는 여그 저그 차덜이 달래댕기고 사람도 많이 걸어댕겼다. 사람덜 사는 모양을 한꺼번에 볼 수 있는 듯했다. 사람마다 뭔 일덜이 고케 있어서 저케덜 서두는지 모루겄다는 생각을 함시로 영미는 저드랑이나 등가심에 땀기가 있는 것을 느꼈다.

일행은 산에 당도하자 말자 쪼깐 쉬어가자는 말이 없었는데도 전부 땅에 탈싹 앉음시로 숨을 거칠게 몰아 쉬었다. 다덜 뻗친 모양이었다. 마지막이로 영미가 앉자 아짐덜은 그녀에게 갈쿠나무 하는 요령을 갈체주었다.

뚱금이네 엄매가 일어나던이 갈쿠를 들고 시범을 보인다.

"갈쿠나무는 대고 긁기만 해서는 안 되아. 우선 긁을 나무가 많이 있는 데를 찾아갖고 요케 남구만 싹싹 거두대끼 긁어사 써!"

차례를 지달린 대끼 써운네 엄매가 웃음시로 말했다.

"어야 새댁, 저 넙턱지 내두르는 것은 배면 못쓰넹."

"암만 갈쿠질을 잘해도 갈쿠나무는 갈쿠나무여. 거그다가 솔가지도 잔 비어서 갖고 가면 불 땔 적에 음마나 잘 타고 불이 관 줄 알어? 자네도 차차 고케 해사 쓰꺼이네."

"그것을 누가 몰라서 안 쩌온당가. 가마굴 영감한테 잽히기만 해 바라. 뭣 빳게 혼낭께 그라제."

장가네 엄매가 요 말을 하자 순단네가 큰일 날 뻔했다는 대끼 눈을 옥금해갖고 주의를 주었다.

"참 자네, 요것을 알아 둬사 하니. 나무를 이고 집이로 가는데 그 산직이 영감이 게덱이같이 숨어 있다가 싹 나타나먼 이고 있던 나무를 영감 납부닥에 내붙쳐 불고라도 내빼사 써! 잽히면 안 댜, 응?"

그람시로 십여 년 전에 그 영감한테 잽혔던 얘기를 했다.

"내가 애써 긁어 모태고 잔 가지덜을 비어서 장가네가 앞서고 내가 뒤서서 이고 오는데 느닷없이 뒤에서 나뭇 등을 잡어댕겨 불드라고오. 그래서 뒤로 자빠질락 하다가 쪼르라니 미끼러짐시로 사정없이 땅바닥에 주저 앉었당께. 내 넙턱지에 살이 많이 붙어서 덜 다쳤제. 어찌께 성질이 나던지. 내가 허리라도 뿌러졌으면 어쨌겄냐 생각항께 어찌께 성질이 나든지 그 영감 아무 데나 훌터불고 잡더랑께!"

그라자 모도 웃음시로 훌트느니 차라리 질로 아푼 데를 단단이 잡고 굴러뿔제 그랬냐고들 말했다.

장가네 엄매는 한꾼에 갔던 사람답지 않게 순단네를 놀랬다.

"고 때 야무지게 훌터부렀으면 혼나갖고 다시는 깎끔 말기로 안 나오꺼인데 지금도 나무를 할 때마다 쪼매 쪼매 하는 것이 다 순단네 남세그라네. 잘 했더라면 앉은뱅이 깎끔 말긴다고 마당케서 소락지만 질르고 못 오꺼인데……"

여자덜은 일어나서 다시 산을 오르기 시작했다.

영미 바로 앞서가던 장가네 엄매가 뒤를 돌아다 봄시로 쪼깐 전에 못 해준 말을 보충해 주었다.

"어야 서울네, 갈쿠로 땅을 파대끼 긁지 말고 잡어댕길 때 도팍에 걸리먼 심이 싹 빠징께 피해서 살살 모태게 엥?"

산을 넘어서자 산성 안에서보탐 내래오는 큰 골창이 나오고 쩌 알로 지각이 뵌다. 여가 가마굴이라고 했다. 지각을 지킴시로 사는 영감이 아까 얘기 들었던 가마굴 산직이 영감인 것을 금방 알 수 있었다.

그 영감은 밀양박씨 지각에 딸린 밭하고 옹타리 논을 범시로 살고 있는 역시 그 집안 사람인 터였다.

그래서 산을 지키는 일이 지각을 지키는 일 중 한나로 되아 있어서 요새같이 가실도 다 끝났응께 나무꾼덜이 몰릴 때가 된다 치라면 두 눈에 불을 써갖고 악을 씀시로 쫓아 댕기는 것이다.

여자덜은 디엄띠엄 서로 떨어져 나무를 하기 시작했다. 영미는 집 쥔 순단네 가차운 데다 자리를 잡고 그 아짐이 하는 것을 절눈질해 감시로 갈쿠로 나무를 긁어 모태고 있었다.

그녀가 보지란이 긁어대는 데 비해 순단네는 차분시럽고 각단지게 일을 해갔다. 어느 정도 모태갖고는 그 나무깍지를 갈쿠로 앞 뒤 양 옆에를 뚜들어서 깡뚱하게 맹길고 또 긁어모태곤 했다. 그래갖고 맨 낭중에는 그 덩어리덜을 스무개 남짓 한데 모태 커닥시런 나뭇동을 맹기는 것이다.

영미는 순단네 엄매가 하는 대로 숭내를 냄시로 한참을 서둘다 봉께 이마빡에 땀이 송굴송굴 돋아났다. 나깐 반데서 아짐덜의 솔나무 가지 치는 낫소리가 간간이 디겼다. 두어 시간 모탠 것이 여나무 깍지 맹길아졌다. 솔잎싹, 솔방울, 상수리나무 밤나무 잎싹, 저절로 떨어진 잔나무

가지, 요론 것들을 긁어 모탠 것이다.

"할 만항가?"

순단네 엄매가 웃음시로 가차이 오던이 생각보담 잘한다는 표정을 하고 말했다.

"오메, 잘하능거, 오눌은 뻿치꺼잉께 고만하고 내가 묶어주께 인자 가 보세. 요놈을 때 밥을 해서 밥상을 채려놓고 신랑하고 둘이 앉아서 먹어봐! 그 속은 나도 다 알제. 첨에는 나도 그랬응께."

영미는 이녁 생각을 말하는 아짐을 다시 치어다봤다.

"아주머니도 그랬어요?"

"아문!"

"여자란 누구나 다 똑같겠지요. 그런데 긁어모으는 재미가 별도로 있는가 봐요"

"그라암, 욕심대로 긁어 모태고 잡어도 고개가 뿌러지면 안 된께 적당히 해사 쓰제"

무건 나뭇동을 머리에 이고 깍진 산질을 내래간다는 것은 쉰 일이 아니었다. 마치 물지게를 첨 지는 것 만칠로 몸이 맘대로 안 되았다. 고개가 앞 뒤 양쪽이로 지울락 하고 땅은 잘 안 뵈고, 잘잘한 도락이 있어서 질은 미끄럽고... 무척 심이 들었다.

그들의 행렬은 산을 타고 내래와 아까 올를 때 쉬던 자리에서 다시 쉬었다.

나뭇동이 다섯 개는 덩실하니 큰데 그중 니 개에는 솔가지가 많이 들어 있었다. 그라고 한나는 절반 정도였는데 물론 그것은 영미 것이었다.

모도 새각씨 추구시는 말을 한 자루썩 함시로 땀을 식혔다.

영미는 땀을 식힘시로 내래다뵈는 진도읍내가 올라갈 때 본 것보담

훨씬 생기있게 보인다.

끝지네 엄매는 모난 소리도 잘했다.

"어야, 새각씨! 오눌밤에는 신랑이 원 없이 이뻐해주겄네. 자네가 해 온 나무로 불을 때놓고 둘이 노골노골하니 깨 할랑 벗고 누었으먼, 신랑이 - 당신이 긁어온 나무로 밥을 해 먹고 깨끗하고 누웠응께 심이 저절로 난다 - 함시로 요케 보둠아 주꺼이네!"

요람시로 옆에 앉아 있는 장가네 엄매를 땅바닥에 자빨셔불었다.

그라고는 웃음시로 달라들었다. 장가네는 악을 썼다.

"웜메, 요 염병할 것! 동네사람덜 나 잔 살리쇼 - !"

여자덜 웃음소리가 산을 흔들었다.

영미는 여렁께 납부닥이 뻴게짐시로 부롯지에 눈을 매고 웃었다.

그것은 나무를 하로 갈 때나 나무 할 때 그라고 쪼깐 전 해갖고 내래 옴시로 그런 생각을 안 한 것이 아니기 남세 그란다.

고개를 지구다나 시움시로 심들게 이고 내래올 때 고 생각을 함시로 참을 수가 있었다.

물론 신랑의 고맙다는 말과, 너머 심등께 다시는 하지 마라는 말을 들음시로 갖게 될 행복감까지도 점치고 있었던 것이다.

그란데 그 늙은 여시같은 끝지네 엄매가 알고 딱 끄집어 낸 것이다.

아직 웃음소리가 산울림이로 남어 있을 때였다. 느닷없이 고함소리가 여자덜 목소리를 생켜부렀다.

"너 이 요년덜! 거그 카만이 자빠져 있어라. 오눌은 아주 깨댕이를 할랑 뱃겨 볼란다. 요년덜 - !"

모도 소리난 쪽이로 고개를 돌림시로 몸을 뽈딱 일서 신 것은 산지기 영감이 쫓아온다는 직감을 가졌기 땜새 그랬다. 아짐덜은 뻔개같이 나뭇동을 이고 비탈질을 내달렸다.
　순단네 엄매는 영미한테 나뭇동을 이여주고 나서 빨리 내빼라고 말했다.
　"잽히면 죽는다고 생각하고 어서 달리게. 나무는 갖고 가사 써!"
　순단네는 영미를 앞시고 달림시로, 젊은 것이 어째 요케도 뜀질을 못 하는지 칵 조사불고 잡다는 생각을 했다.
　"요년덜-! 거그 카만이 안 있을래? 느그덜은 다 죽었다! 내가 느그덜 한나 다 못 잡을 줄 아냐? 저년덜 잡어러-!"
　산직이 고함소리가 바로 뒤꼭지에서 디켰다.
　동네 큰질에서는 서너 사람이 산 쪽을 보고 있었다.
　"어야! 밭이로 내래가 달리게! 밭이로 내래가!"
　영미는 집 쥔 아짐 목소리를 따라 밭이로 내래가 달렸다.
　"이 가시나덜아. 거그 카만이 섰어! 잡어서 가랑이를 벌써 째부꺼잉께 거가 서 있거러어!"
　영미 입에서 엄마 부르는 소리가 절로 나왔다.
　순단네 엄매가 영미보고 담박질 시합을 하자는 대끼 앞서 달림시로 소락지 질렀다.
　"젊은 가시나가 어째 담박질을 고케도 못하냐! 잽히먼 너는 죽웅께 싸게싸게 내빼!"
　요 말을 듣고 걸음을 더 크게 뗄라고 발을 한나 멀리 뻗어 그 발이 땅에 닫는 순간이었다.
　쭈루라니 발이 미끄러짐시로 몸이 내래앉응께 찌우뚱 하던이 한 바꾸를 얼척 없이 굴렀다. 한 바꾸 구릉께 서너 바꾸는 정신 없이 쉽게 구르 게 된다. 사람은 사람대로 나무는 나무대로 따로따로 구르다가 사람이 몬야 멈췄다.
　"요년 너 잘 자빠라졌다-! 내가 곧 내래강께 카만이 고대로 엎져 있어라-!"

산직이 영감이 니 활개를 침시로 악을 쓰고 내래왔다. 쩌 아래 밭두럭 밑에서 아짐덜 다섯이가 한 줄로 서서 애를 탬시로 소리를 질렀다.

"오메, 오메 어째사 쓰고오! 우리 새각씨 안 다쳐사 쓰꺼인데?"
"오메 어짜꼬 저 새각씨. 이 염병할 영감아 인자 잔 기어가먼-!"
"빨리 달리게 빨리_!"

자빠졌던 영미가 일어나던이 산직이가 내래오는 쪽이로 맺 발태죽 올라가다가 정신이 들었는지 돌아서 달렸다.

"엄마_!"

드디어 그녀의 목소리는 애기가 되고 말았다.

아짐덜은 더 죽을락 한다.

"웜메 저 미친 것. 먼 맘 먹고 올라갈락 했능고-?"
"여그여 여그! 여그랑께-"

때 아닌 고함소리덜이 산 밑 들녘에 까득했다.

영미가 미끄러지대끼 깍진 밭 하단에 당도하기 직전 그녀는 나무를 묶었던 새내끼 줄을 발견했다. 담박질을 늦추었다. 갈쿠는 어디 있는지 알수 없고 새내끼 뽀짝 우게서보탐 올라감시로 갈쿠나무가 질게 널려져 있었다.

순간 영미는 다시 뒤돌아 뛰어서 그 나무를 비호같이 손으로 긁어 모태 한 깍지나 보둠고 뛰어왔다. 그 나무로 밥 한 그럭이라도 해사 쓴다는 생각에서였다.

"웜메, 저 징한 년_!"

요 말은 산직이 하고 아짐덜이 동시에 질른 소리였다.

그 영감은 잡았다가 놓쳤다고 생각해 악을 썼다.

"요 젊은 독새같은 년아-! 내빼다가 와서 나무를 갖고 가야?"

갈쿠나무 101

너를 잡으먼 카만 두능가 바라!"

산직이 영감이 밭두럭에 서서 동네를 내래다봄시로 요케 악을 쓸 적에 여섯 여자덜은 지각을 지나 오지네 담 속이로 들어가 부렀다.

집에 도착한 영미는 솔나무 잎싹 한 모둠을 보둠고 한참을 그대로 서 있었다. 아적 먹고 나서 산에 갔다 오는 시간 동안이 꿈만 같었다. 늦가실 밤은 일찌가니 찾어와 늦게 간다.

영미가 비고 있는 굵직한 폴뚝에 따땃한 눈물이 흘렀다.

"오늘 저녁밥은 정말 맛있었어. 울지마, 브롯지는 더 이쁜 걸로 사 줄께 이제 웃어봐!"

신랑 명수의 손이 브롯지 달었던 가심팍을 더듬었다.

"여기다가 더 이쁜 걸 달아 준다니까"

라지오에서는 낼보탐 날이 추어지고 모레밤보탐은 눈이 오겠다는 예보가 디켜왔다.

눈이 오먼, 밭에다 흩쳐분 갈쿠나무하고 부롯지가 한꾼에 덮일 것을 생각함시로 영미는 와락 명수의 가심에 머리를 묻고 소리내서 운다.

눈이 녹고 나면 그 브롯지에 녹이 슬 것을 생각함시로.

〈끝〉

등대섬 약속

 캉캄한 때는 불을 써 주고 안개가 앞을 개리먼 무적을 울게 해 뱃질을 갈체 주는 등대섬 죽도 갯갓에, 펑퍼짐한 넙턱지로 바굿독을 깔고 앉은 소마도네 눈에는 눈물과 독이 홍근히 고여 있었다. 건들기만 하면 칸 안 둘 열이 가매꼭지까장 차 있었다. 그래도 먹은 납살이 있어 그 열을 내리니라고 시방 그라고 앉어 있는 택이다.
 「고 사고가 난지도 보 25년 되앗응께, 고 때 두 살짜리 아들이 인자 스물 일곱이고 저 가이나는 시 이레 되았을 쩍잉께 시방 스물 다섯 살이다. 염병할 년. 저 죽을라고 친구가 좋아서 고케도 납두고, 나도 홀엄씨 될라고 고 전날 밤 꿈자리가 사났어도 냅뒀던이 기연이 서거차 갔다 옴시로 배가 까바져 부렀제!
 앙통하고도 앙통한 고 때 일을 생각하먼 시방도 앙통하다 염병할 년. 배 타던 닷새 전날 우리 집서 서방 각씨덜 넌이가 모태 앉어 했던 약속이 저 가이나 땜시 다 깨져불다니!
 그날 모태갖고 '먼 일이 있어도 아그덜 둘이 크먼 결혼시키고, 우덜은 서로 사둔이 되아서 좋게 더 좋게 삼시로 아그덜도 좋게 좋게 살게 맹길자!'고 한꾼에 손구락을 겁시로 약속했는데 오메 저 병할 년 잔 보게!

지 신랑인가 서방인가를 초아다 봄시로 웃어쌌는 거….

 미친년! 부모덜이 고케 약속했닥 하면 답수군이 있다가 우리 영식이한테 씨집을 와사제, 납살 찬께 넙턱지가 갠지랐등가 넙턱지가 앞이라 하면 고 뒤에가 개랐등가 기연이 경상도 놈한테 붙어갖고 역까장 댁고 오다니! 온나구 같은 년」

 소마도네는 울덕이는 속을 삭일라고 댐배에 불을 붙임시로 미역을 저 날리는 아들을 본다.

 "멍청한 놈. 그랗게 작년 여름에 저 가이나 왔을 때, 정부미 차대기에 담어서 가대기를 하든 닭 잡대끼 쭉지를 틀어서 어디 갯갓이로 끅고 감불로 지것이로 맹길았어야제! 멍청한 데는 약도 없어. 오메 짠한 거 내 새끼!"

 스물 한 살에 욜로 씨집 온 소마도네는 딸 싯 낳고 늦게사 아들 나서 인자 심 내 살겄다 하는 참에 서방 죽어붕께 서른 다섯에 홀엄씨가 되아부렀다. 아들 하나 오독하니 초아다봄시로 군대 제대하면 박상수네 딸한테 장개 보낼 생각이로 한 해 한 해 살다 봉께 예순 살 환갑이 되았다. 그래서 2년 전 제대해갖고 막 온 아들한테 장개 얘기보탐 했었다.

 "가내 아배 엄매하고 느그 아배하고 나하고 넌이 앉어서, 너하고 명숙이하고를 보둠고 앉어서 말이다. '야그덜 크먼 예를 올려주자'고 넌이 손꾸락 걸고 약속했닥 안 하던? 고케도 두 집이 친하게 삼시로, 안 멀어질라고 서로 사둔이 되작 했단 말이다. 그라고 나서 닷새 뒤에 명숙이네 아배 박상수씨가 느그 아배보고, 설 세로 오는 즈그 성님 마중가는 데 따라가작 해서 그 바람 탱탱 부는 날 서거차에 갔다 오다가…"

 "엄매, 고 얘기는 늘판 안 했능가? 고케 하꺼잉께 꺽정 말고 있게. 명숙이를 댁고 올라면 배 한 척이나 있어사 개기라도 잡어사 항께 쪼깐 참고 있게"

하고 영식이는 즈그 엄매 말을 막었다. 소마도네는 서방이 '서거차에 갔다 오다가'에서 말이 맥히자 기연이 남재기를 다 하고 다음 말을 잇었다.

"갔다 오다가, 맹골 바닥이 어짠 바닥이냐? 거그서 고 뗏마가 까바져 부렀닥 안 하든? 명숙이네 엄매 관사도 성님하고 나하고 둘이 보듬고 울다 울다 망단해 인자 목구멍에서 갈매기 소리백에 안 나오는데, 고 때 관사도 성님이 갈매기 소리로 나보고 '어야 동숭, 우덜은 인자 어찌께 사건?' 그랑께 나도 갈매기 소리로 '그래도 성님, 아배덜로 봐서라도 아그덜 예를 올려줄 때까장은 이빨 앙물고 삽시다!' 그람시로 내가 갈매기 소리를 끄침시로 이빨 가는 소리를 오도독! 하고 냈닥 안 하든?"

"엄매, 부모덜이 약속했는데 가가 어디를 가겠능가? 꺽정 말게."

"그래도 안 그란단 말이다! 여자는 음석잉께 몬야 입에 댄 놈 것이여야! 가네 엄매 잔 봐라. 아그덜 선이 결혼시키고 죽도 요 등대섬에서 죽어 서방 옆에 묻힐란다고 한 달 내 날마다 멧둥에 가서 엎져 울던이, 일년 만에 어뜬 뱃사람 만나서 아그덜 댁고 시방 부산서 안 사냐?"

"아따, 그런 사람 저런 사람 있는 것이 시상 아닝가?"

영식이는 엄매 말이 껄적지근했는지 마당이로 나가 갱물을 봄시로 한참을 그라고 서 있었다.

엄매는 아들 속을 상하게 맹길아 미안했덩가 반침이로 나와서 정재로 감시로 말했다.

"명숙이 가는 안 그랄 사람이어야, 끄람!"

작년 여름, 등대섬 죽도에는 또다시 사람덜이 모탰다. 등대 직원덜하고 교회 전도사를 뺀 열니 집이 남자 여자 두 사람썩 나옹께 모도 스물

등대섬 약속 105

야달이가 동네 앞 매주방 바굿독 우게로 나왔다. 집집마다 목포나 신안, 여수 같은 데 있는 식구덜이 오고, 명숙이네 같이 날짜 사는 집도 시 집이 왔다.

모탠 사람덜이 일 년에 한 번썩 미역을 딴다. 섬을 삥 둘러 돌아감시로, 여자덜 열넌이가 물 속에 까랑져 낫이로 미역을 따서 바굿독 우게나 갯갓에 놔두면, 남자덜 열넌이는 고 미역을 모태 크닥시런 니모진 푸라스틱 바구리에 담어서 지게로 지고 동네 앞 매주방이로 나른다. 매주방에서보탐 추바우, 진다랭이, 붕애덕, 큰섬나루, 안놋담, 재넘추바우, 놋담, 거치리 맏장이라고도 하는 촛대바우, 큰개섶, 상감바우 그라고 다시 매주방까지 삥 돔시로 미역을 딴다.

정초보탐 싹이 나서 크기 시작한 미역은 음력 6월 하순에서 7월 초순까지가 질로 많이 큰 때인데, 쪼깐 더 클랑가는 몰라도 그대로 기양 두어 태풍이나 불어온다 치라먼 미역이 물살에 떠넬려 가붕께 고 때 비어내사 쓴다. 따는 날짜도, 물이 질로 많이 써는 사릿때로 잡어 간조 전후 시 시간 정도백에는 물이 만해서 작업을 못한다. 그랑께 다섯 물에서보탐 아홉 물까장 닷새 간, 물 속 쩌 아래 도팍이 물 우게로 나올 만큼 물이 썼을 때 질로 많이 딸 수가 있는 것이다. 죽도 사람덜은 설 시고보탐은 낚수꾼을 못 들어오게 한다. 돋아나는 미역을 발로 이겨불면 싹이 문티뎌지기 땜세 그란다.

요 열 니 집이 등대섬 죽도의 미역계 계원이다. 계원자격은 요 섬에서 살어사 되고, 새로 이사 온 집은 동네에 백만 원을 내사라 계원이 된다. 또 이전에 요 섬에서 살던 사람이나 자석이 다시 살로 왔을 때는 80만 원만 내도 계원이로 시어준다.

그란데 계원이 다른 데로 이사를 갔을 때는 최소한 한 달에 4일은 요섬에서 살어사 계원 자격이 유지되고, 그 달에 4일에서 하루라도 모지라먼 벌금 15만원을 물게 되아 있다. 요케 한 달에 4일 이상을 죽도에 와서 살고 가는 '날짜 사는 집'은 시방 시 집이다.

지작년까장 명숙이네 집이서는 즈그 오랍씨 박선우가 날짜를 살고 갔고, 선우가 애릴 때는 즈그 엄매가 와서 너댓세 간 살고 갔다. 그라고 미역을 딸 때는 선우하고 왔는데 전에는 목포서 사는 씨아잡씨하고 올 때도 있었다. 씨아잡씨는 젊어 혼자된 성수가 재혼한 것을 충분히 이해해 주었던 것이다.

명숙이네 엄매 관사도네가 날짜를 살로 오든 미역을 따로 오든, 소마도네는 한꾼에 자자 하고는 밤 늦게까장 조단조단 얘기를 하고 있었다. 딸은 잘 있는가 물꼬 내 매누리 내 매누리 했는데, 또 관사도네 역시 우리 사우는 아푼 데는 없냐고 꺽정을 해 주었다. 그람시로도 관사도네는 "요새 아그덜은 하도 지 맘대로 해붕께, 즈그덜 생각에 맽겨사제 어찌께 할 수가 안 없습딘쟈?" 하는 말로 꼭 소마도네 속을 잘근잘근 씹는 말꼴랑지를 붙이고 있었다.

동네 사람덜은 요 두 집이 25년 전에 보 약속을 했다는 것을 알고 있음시로도 사둔간이라고는 암도 말을 안 했다. 고 이유는, 서방 죽어서 1년 탈복도 안 하고 어뜬 뱃놈을 따라가불 만큼 남정네를 못 참는 몸뚱아리를 즈그 딸이 내림받아 생겨났다먼, 부산 그 너룬 바다 머시마덜이 득실거리는 데서, 씨집 오먼 고상 설치번덕할 시상도 니상도 아닌 시상을 살라고 암만 부모덜이 정했담불로 거그서 안 고르고 영식이한테 등대섬이로 씨집오겠냐는 것이었다. 서방덜이 배 까바져 죽고, 독한 소주에 내장이 녹아 일찍 죽어붕께, 탱탱한 삭신 꼬집아 뜯음시로 새끼덜 키고 살어 온 홀엄씨덜은 관사도네 말이 나오먼 '고 간나구 같은 년'이라고 고개를 외로 꼬았다.

　작년 미역 딸 때, 명숙이가 첨이로 큰 오랍씨 선우하고 죽도에 왔었다. 영식이는 그녀를 보자말자 찌릿! 하고 전기가 오는 것을 느꼈다. 부모덜이 정해준 지 각씨 될 사람이라 그랬을 것이다. 명숙이가 곰보든 째보같이 생겼던, 사진백에 없는 아부지가 정해주신 사람잉께, 그것은 운명이라고 믿고 있었는데 만나봉께는 무쟈게 이뺐던 것이다. 닷새간 미역을 따고 갔는데 영식이는 그동안을 어찌께 보냈는지 모루고 고 뒤로 지금까장 날마다 가 납부닥이 아롱거리는 것이 사실이었다.

　명숙이는 미역을 땀시로 몸빼에다 허간 와이사쓰 같은 것을 입었는데, 물 속에 들어갔다 한참 만에 나올 쩍마다 영식이는 '어째 저케 물 속에서 오래 있능고' 하고 가심이 두끈두끈 했다. 그라다가 뿔끈 솟아올라 푸-! 함시로 숨을 내쉬고는 허-간 이빨을 내놓고 웃을 때는 안심되고 오져서 저도 후-! 하는 소리를 내니라고 미역 날르는 일이 순전히 건성이었다. 또 명숙이가 갯갓이로 나오등가 도팍 우게로 올라서면, 물에 철벅한 옷이 몸에 착 달라붙어서 몽실하니 튀어나온 가심배기보탐 넙턱지까장 고케도 환장하게 멋있을 수가 없었다.

　그라고 꺼꿀로 물 속에 들어가니라고 두 다리가 까랑져 불면 또 꺽정을 안 할 수 없응께 나올 때까장 미역 지게를 지고 서 있는 것이었다. 닷새 동안 딱 한번, 물 속에서 나온 명숙이가 영식이를 보고 손을 흔듬시로 웃어주었는데 그 날 잠들 때까장 영식이는 하루 지 웃고 댕겼다.

　영식이는 제대한 뒤로 서거차도 사춘 성님네 집이서 주낙배를 타고 있었다. 목포로 나가 큰 배를 타든가 다른 일을 할 수도 있었제마는 황금어장 고향 바다를, 거그서도 등대섬 죽도가 포함된 맹골바다를 마다하고 떠날 수가 없었다. 언젠가는 개깃배를 한 척 사서 맹골바다에 있는 폴뚝만한 우럭, 어깨만한 농애, 두 손부닥 합친 만큼한 돔, 요런 개기덜을 헙씬 잡어서 돈을 많이 벌고 잡었다. 그래서 지작년 명숙이네 큰 오랍씨한테도 고런 얘기를 함시로 맹골도에서 병풍도, 서거차도, 동거차도 요 바닥을 돌아본 일이 있었다.

"이쪽 바다는 진짜 돈바다 아이가!"

"그란당께라!"

"배만 좋은 거 있으모 게안켔데이!"

영식이는 선우하고 바다를 돔시로 맹골·거차 일대 바다 자랑에 열이 났다.

"그란데 성님도 어선을 갖고 있닥 했지라?"

"음, 내가 아이고, 아부지가 배를 여러 척 갖고 있제."

"고런 배 한 척만 여그 있어도 일은 바뿌꺼시요마는."

"그래도 너는 큰 희망을 갖고 있으이 부자 아이가? 꿈은 오래 꾸모 그게 실현된다 안 카드나!"

"어느 상년에 그런 날이 있을랑가…"

"기다려 보그라. 열심히 하다 보모 좋은 날 안 있겠나!"

그 둘은 바다 사람덜답게 말이 통했다. 바다를 볼 줄 알고 바다에 관심 갖고 사업을 알었다.

"그란데 동숭도 계셨지라? 그 성님은 시방 뭣 하신다?"

요 질문에 선우는 먼 나라 사람 얘기같이 대답했다.

"그 아는 공부뱍에는 몰라. 지금 외국에 가서 무신 박사과정이라 카덩가, 우짜던지 책 말고는 아무 것도 필요 없는 사람이데이."

요케 해서 애릴 때보탐 친하게 살던 임성무, 박상수가 장개를 가서도 좋게 살다가 각씨덜이 같은 날 홀엄씨가 되아분 사고를 한꾼에 만났고, 그로보탐 25년이 지난 뒤에 그랑께 자석덜 시상이 된 인자 두 집이 아주 가찹게 될 참이었다.

 서방덜 살았을 쩍에 했던 약속대로 영식이 하고 명숙이가 예를 올리먼 두 집은 서로 사둔이 되라고 세월이 요케 흘러주었던 것이다. 엄매덜은 엄매덜대로 성제같이 변함 없고 선우도 영식이를 동숭같이 생각하는 모냥이었다. 그래서 두 집 아들 딸이 예만 올리먼 만사가 잘 되는 쪽이로 깨끗하니 끝나는데, 만사가 다 깨져분 탈이 생겼다. 소마도네나 영식이한테는 배락이 떨어진 꼴이었다. 명숙이가 애인인가 신랑인가를 안 댁고 오고 다른 총각한테 결혼했다는 소식만 들어도 넉장구리를 칠 것인데, 미역 따로 한군에 와서 동네 사람 앞에서 서로 웃음시로 초아다 보고 있으니 엄매와 아들의 속은 시방 비 맞은 깐치집이 되아 있었다.

 오눌이 아옵 물잉께 닷새 간 작업이 끝나는 날이다. 오눌까장 미역을 따먼 인자 내년에사 다시 모태게 된다. 등대섬 미역계 계원덜은, 오전 오후 간조 때만 미역을 따고 낮에는 그 미역을 몰리느라 여그 저그 미역 천지고 미역 냄사가 감자 솥 짐같이 섬에 까득했다.
 아침 일곱 시 반보탐 물에 들어갔는데 열 시 반이 되아 강께 아적나잘 일은 거지반 끝나고 있었다. 저녁나잘은 아홉시 반 지나야 간조가 되아 어두워져불먼 위험해서 물에 못 들어가고 또 섬을 뺑 돌아서 거지반 따냈응께 모도 모태서 돼아지 개기나 삶어놓고 쇠주를 마심시로 회의를 하먼 올 미역 작업이 마무리된다.
 소마도네만 빼고 사람덜은 전부 미역을 모태놓은 매주방 한 군데로 옴시로 낫낫하게 얘기를 나누고, 웃고, 노래를 부르는 이도 있고 그랬다. 소마도네는 울고 잡아도 동네 사람덜 여러서 울 수도 없고, 또 아들한테는 강한 어머니로서 아들을 위로함시로 인자보탐 생각을 고쳐먹고 보아라는 대끼 독새같이 살겠다는 맘을 먹게 해사 됭께 천연시런 표정을 애써 맹길아 본다. 그래도 속은 오눌까장 닷새 간 장솥같이 끓고 있었다.
「쫓아댕기는 아무 놈한테나 넙턱지를 내밀어 주는 개같은 년…」
영식이는 닷새 동안 미역만 져날림시로 말이 없었다. 그래서 동네 사람덜은 첫날보탐, 일이 끝나는 날 저녁 회의 때는 가가 안 나타났으면 하고 있었다. 속이 상해 소주나 헙씬 먹으면 명숙이 신랑하고 큰 쌈이 벌어질지도 모루는 탓이다.

한여름 뼡이 차차 뜨거지는 매주방 한 군데로 사람덜이 거지반 모댔다. 영식이는 엄매가 미역 나누는 데로 가는 것을 보고 저도 일어났다. 맘을 안정시킬라고 고개를 돌려감시로 하눌을 초아다 본다.
동쪽이로는 서거차, 동거차로 해서 조도 여러 섬덜 그라고 고 뒤로는 진도 본도하고 해남이나 영암이라 생각되는 히미한 산 우게서보탐 하눌은 시작되고 있었다. 남쪽은 맹골도가 가찹게 막고 있응께 곽도는 개래졌고, 그 쪽이로 있는 뱅풍도, 조도 섬덜과 추자도, 제주도가 있겄지마는 하눌은 맹골도 우게로만 있었다. 그러나 서남쪽이로보탐 서해바다는 하눌하고 붙어 있는데 동네 뒤로 올라가 등대 옆이로 가서 보면 서북쪽까장 탁 터져 하눌이 무쟈게 크다.
언제까, 영식이는 저같이 너룬 하눌 밑에서 사는 사람도 벨로 없고, 저같이 너룬 바다를 논밭같이 생각하는 사람도 드물 것이라 생각항께 기운이 났다.
「그래, 기운을 내사라 된다!」

반반한 데를 골라 쑤북하게 싸올린 미역을 납살이 질로 적은 재섭이가 큰 푸라스틱 바구리 열니 개에다 나나 담고 있었다. 남재기 스물일곱 사람은 삥 둘러서서 미역이 똑같이 나나져야 된다는 원칙을 똑같이 생각하고 있었다. 금년 미역 작업의 마지막 제비뽑기였다. 미역 바구리 열 니 개에 담아진 분량에 대해 어뜬 것이 더 많고 적다는 말이 안 나오게 똑같이 담니라고 재섭이는 사람덜 의견을 그때그때 반영시켰다.

"오눌도 요케 똑같이 나났응께 더 만한 것이 있으면 말씀덜 하시쇼!"

"없어 없어, 잘 나났어!"

"하여지간 우리 동네같이 해마다 요케 신사적이로 하는 데는 없으 껏이여!"

"그라면 신을 한 짝썩 벗어주까?"

고 때 장난기 있는 써운네 엄매 진목도네가 손을 내 젓음시로 말했다.

"암만 그래도, 올해도 오눌이 마지막인데 너머 재미가 안 없소? 그랑께 재미있게 제비를 뽑을라면 바구리 열 니 개에서 미역 한 줄기썩을 빼서 한나에다 보태갖고 고놈을 운수보기로 하면 어짜겄소?"

한바탕 웃음이 돌고 여러 가지 의견이 나왔는데 결국은 납살 만한 엄매덜이 고케 하면 못 쓴다고 해서 생견 하던 대로 하기로 했다. 재섭이가 다시 소리를 질렀다.

"그라면 한 집에 한 사람썩 지끔 신고 있는 신을 한 짝썩 벗어 요 바구리에 담어주쇼!"

푸라스틱 바구리를 들고 나오자 신이 한 짝썩 한 짝썩 글로 떤져져 들어왔다. 신짝 열 니 개를 확인한 재섭이는 그놈을 섞니라고 밀가루 반죽에 개란 섞대끼 여러 번 돌렸다. 그라고는 전연 문제가 없게 한다고 고개를 돌래 신짝 바구리를 안 보고 한 개썩 집어 내 미역 바구리 앞에다 그놈을 놓았다. 재섭이 소리가 갯갓을 다시 울렸다.

"찬찬이 해도 이녁 것 다 있응께, 시방보탐 이녁 신짝을 찾어, 고 옆에 있는 미역을 갖고들 가시쇼-!"

그라자 와-! 소리와 박수가 터져 나왔다. 사람덜이 미역 바구리를 들고 흩어질 때 반장은 오늘 저녁 회의를 아홉 시에 함께 모도들 밥 먹고 즈그 집이로 나오라고 말했다.

미역 나누기가 끝날 때까장 영식이는 명숙이나 신랑 눈을 피하고 있었다. 아매도 엄매 역시 그랬을 것이라고 생각함시로 미역을 집에 갖다 놓았다.

미역계 회의를 엄매한테 부탁하고 혼자 반침에 앉아서 밤바다를 보고 있는 영식이 머릿속은 그 바다에서 불빛을 없애분 것같이 캉캄하기만 했다. 바로 앞 맹골도 동네 전기불이 물 우게서도 훤하게 비치고, 맹골도와 멍대기섬 새로 멀리 뵈는 큰 배나 개기를 잡는 배에서도 불이 비쳐왔다. 그라고 동네 쩌 우게로 산 꼬닥지에 서 있는 등대가 찬찬이 돌아감시로 비추는 불빛은 무쟈게 붉아서 맹골도를 비칠 때는 사람까지 다 뵐 정도였다.

그란데 요런 불딜이 한나도 없닥 하면 하눌에 별백에는 안 뵈는 바다가 된다. 영식이는 시방 고런 캉캄한 바다에 떠 있는 뗏마 신세다. 어디로 가사라 좋을지 망막하기만 하고, 생각도 잘 안 떠오른다. 맥알탱이가 싹 빠져부러서 서 있기도 심이 들었다. 그럭케도 자랑스럽던 맹골바다가 무덤덤해지고 고케도 갖고잡던 개깃배도 아무 의미가 없어져부렀다. 물론 명숙이 그 가이나 땜시다.

영식이는 밤바다를 향해 말했다.

"가자, 캉캄한 여그를 떠나가자. 등대섬을 떠난다고 어디를 간들 굶기사 하겄냐?"

그라고는 일어나서 방에 들어가 가방을 내랬다. 속옷, 양말, 가실옷 등을 담고 작년보탐 써 온 일기장을 가방 속에 옇었다. 일기는 작년 미역작업을 함시로 명숙이가 손을 흔들어주던 그날보탐 쓰기 시작했었다.

그날 일기는 석 장이나 되았다. 먼 말을 고케도 질게 썼는지 시방 생각해도 이상스럽다. 아매도 그 여자한테 알 수 없는 마력이 있어서 손을 한번 들어 흔들어 중께 영식이 머릿속은 시상을 새롭게 보는 심이 생겨 시상을 첨 본 대끼 고케도 진 일기를 썼던 모양이다.

그라다가 그 여자가 놈의 여자가 되아 농께 인자 머릿속은 탱탱 비어 분 성 부르다.「인어 얘기를 쓴 동화책이 있었는데 인어가 사는 바다의 갯갓을 나는 틀림없는 우리동네 넘에 붕애덕이라고 생각했다. 물이 푸르고 바위가 아름다운 그곳을 볼 때마다 나는 인어를 찾으려 했다. 그 인어가 물 속 바위에 서서 나를 향해 손을 흔들어주리라 믿으며 해변 어딘가에서 인어를 찾던 어린 시절이 있었다. 그런데 나는 그 인어를 오늘 보았다. 명숙이는 인어였던 것이다.─」'요 섬을 떠나다가 우리 아배하고 가네 아배가 사고를 당했던 맹골바닥에 던져불자!' 함시로 가방에 옇었던 첫날 일기 내용이다.

아침에 눈을 뜨고 방문을 열었을 때 영식이는 깜짝 놀랬다. 어저께 저녁까장도 없었는데 선받이 가찹게 떠 있는 한 척 어선을 발견하고 가방을 들고 달랬다. 갯갓에 가봉께 고 배는 곧 떠날 참인 듯 했다.

"선장님─!"

"선장님─!"

두 번 소리치자 큰 차양모자에 썬그라스를 낀 선장같은 사람이 뱃머리 쪽으로 와서 대답했다.

"뭐요?"

"배 좀 태워주시오!"

"어디로 가는데요?"

"어디든 일단 가겠습니다."

"좋소!"

뱃머리를 선받이 바위에 디리밀자 영식이는 가방을 몬야 던져올리고 사뿐하게 몸을 실었다.

"안녕하십니까? 어디 밴데 먼 일로 여그까장 왔답니까?"

선실로 감시로 물어봉께 선장은 대답 대신 질문을 했다.

"당신은 어디로 갑니까?"

"암 데고 상관 없이 어디든가 가고잡어서요."

"갑자기 떠나고 싶은 건가요?"

"그란 것 같습니다."

"젊은 사람이 확실성이 없군요. 그렇게 보이지는 않는데…"

영식이는 눈앞 동네에서 즈그 집을 찾아내 독담에 가심팍까지 뵈게 서 있는 어머니를 봤다. 아들 떠나는 심정을 어짤 수 없었는지. 전연 모룬 척 해주신 것이 감사했다.

"그라모 우리 배를 탈 생각은 없소?"

"한 달에 얼마 줍니까?"

"일하는 것을 봐야지요."

"군대 갔다 와서 3년 했고, 군대 가기 전에 5년 정도…"

"그라모 백 오십만원!"

"좋습니다! 오늘보탐 일을 합니까?"

"지금부터!"

"예 선장님. 그란데 지끔 출발합니까?"

"예."

"어디로 가요?"

"배 운전은 내가 할테니 어디로 가는 것은 나한테 맡기고 당신, 아! 이름은?"

"임영식이요."

"방에 들어가 식사부터 하시오. 헌데 왜 고향을 뜨는거요? 이렇게 좋은 곳을…"

"그 여자 때문입니다."

"남자가 여자 하나 때문에?"

"선장님도 나 같으면 떠날 것이요!"

"마, 그런 일이 있는 모양인데 이젠 마음을 정리해야지요?"

오른쪽으로 뵈던 거차도가 인자 왼쪽으로 뵈는 것이 배는 남향이었다. 영식이는 선장이 손꾸락질한 방이로 들어갔다. 방은 선장실하고 붙어있는데 뒤쪽이로 들어가는 문을 쓰고 있었다.

방에 들어선 영식이는 깜짝 놀래 발이 멈췄다. 방에는 남녀 두 사람이 썬그라스를 끼고 밥상을 채리고 있었다. 남자가 몬야 입을 영께 여자도 똑 같은 인사를 했다.

"안녕하십니까?"

영식이는 이 배에 탄 사람덜은 모두 썬그라스를 끼는구나 생각함시로 식탁에 앉았다. 준비가 끝나자 선장실로 통한 밀창을 열고 남자가 선장을 불렀다.

"선장님 식사하세요. -!"

잠시 후 닻 내리는 소리가 나던이 선장이 들어와 식탁에 앉았다. 넌이가 마주 앉자 여자가 몬야 입을 연다.

"영식씨!"

영식이는 이 여자가 지 이름을 알고 있어서 또 한 번 놀램시로 고 여자를 봤다. 그녀는 썬그라스를 벗는다. 명숙이였다. 영식이는 두 손을 절반쯤 쳐들고 뒤로 자빠질 뻔했다.

"미안하요. 놀래케 해서."

영식이는 두 손을 든 차로 말했다.

"그라먼 이 분은 남편?"

"작은 오빠"

그이가 색안경을 벗고 손을 내밍께 큰오빠 박선우도 색안경을 벗었다.

"와, 이거 어찌께 된 일인지 전연 모루것소!"

"그랄 끼라. 허허허!"

박선우가 크게 웃자 작은오빠도 따라 웃었다.

"야야, 영식아! 명숙이가 너를 시험해 봤단다! 이해하거레이. 허허허!"

"영식씨 미안해요. 시험이라기보다는 내가 장난끼가 좀 있지예. 호호!"

"실은 시험이라 해도 되는 말이지. 그동안 형이 관찰했고, 요번에 내가 와서 봤고 명숙이도 직접 보고 다들 좋다고 했으니까. 그러면 다 끝난 거 아냐? 등대 밑 산에 계시는 아버지도 좋아하실 꺼고!"

기분이 좋은 모양이었다. 선우가 입을 연다.

"오늘 어머니가 비석을, 아부지 묘 앞에 세울 비석을 가지고 인부들하고 도착하셔. 비석을 세우고 마을 사람들 모셔 잔치를 하고는 내일 우리는 갈 끼야. 그라고 우리는 갈테니까네 고마 몸만 갈 테니까네 이 배하고 명숙이는 여기 남을 끼라. 부산 아부지가 결혼 선물로 주시는 배라카이!"

영식이는 일어나 지 귀때기를 찰싹 때랬다.

"이것이 분명 꿈은 아닌데…"

아까 그 자리에서 다시 등대섬을 보고 있는 배 식당에는 계속해서 웃음소리가 흘러나왔다. 그 웃음소리는 등대 밑에 나란히 자리한 두 친구의 무덤까지도 디킬 만큼 컸다. 바람이 없응께 파도소리 대신 웃음소리가 갯갓이로 멀리멀리 번쳐가고 있었다.

〈끝〉

죽도 등대. 왼편은 안개가 끼었을 때 울려주는 무종이다.
유튜브 두야호 채널 "내 인생의 유일한 무종 그리고 맹골 죽도 등대"(https://www.youtube.com/watch?v=7v7PgF-kZCY) 동영상 캡쳐 사진

축귀逐鬼굿*

벌집을 건든 대끼 정신 없는 굿소리 속에서 백짝에 시계는 새로 시시(3時)를 쳤다. 떡시리 올려놓고 물거리 나무를 피어 디낀 탓으로 부수막이 똥태피 디게 뜨거져서 울목에 누워 있던 큰놈은 인자사 아랫목 차심을 하고 있었다.

배깥에서는 굿하는 노래소리가 이정시럽게 디켰다.

이집 말고는 불 써진 집이 한나도 없는 갯갓 동네 떡저리가 오밤중이고, 노래소리는 시방 바람을 타고 어둠 속으로 날아간다.

가세 가세 베 거둬 가세
불쌍하신 망자씨 씻김받고 세왕 갈 때
고부고부 가시다가 수부정 인정 쓰고
세왕극락 가시라고 염불로 질을 닦어
세왕 가시고 극락을 가시네 -

* 물림굿, 축귀굿, 귀신 몰아내는 굿, 삼살령굿이라는 이름으로 세습, 강신무 사이에 행해지는 이 굿은 요즘도 가끔 볼 수 있다. 강신무 李-丹씨(군내면)는 「원래 이 굿은 단골들이 했던 모양이다」고 말한다. 환자에게 접근한 인척신을 보내면서(종천) 벌이는 굿 대목이다. 객정이 들어 미친 끼가 있는 사람도 이 물림굿을 하여 귀신을 몰아내어 준다.

「환장하고 복장 터질 일이다. 내가 미쳤다고 굿을 한다니 요런 폴딱 뛰고 나자빠질 일이 또 있으까?」하고 생각하는 큰놈 재만이는 얼척이 없지마는 함씨하고 엄매가 굿날까지 받어서 단골네를 모셔왔으니 찰로 미칠 판이었다.

오눌, 아적밥을 먹은 둥 만 둥 하고 모방으로 건네와서 댐배를 연거퍼 피는데 함씨가 들어오시더니 눈물 바람을 함시로 말했다.
"악아, 찬찬히 내 말을 들어라. 느그 아배가 이대 독장께 장개 가던 날보탐 아들 낳게 해주시라고 날이 날마다 기도를 했단다. 큰놈아, 디키냐? 삼신 지왕님한테 샘물 떠 놓고 일 년을 빌고 낭께 니가 났제 어쨌디야! 배 까바져서 느가배는 죽고 너백에 없는데 이것이 먼 일이다?"
재만이는 또 댐배에 불을 붙일라고 입에 물었다가 함씨가 울고 있어서 성냥불을 재떨이에 기양 던져부렀다. 함씨 눈에는 요런 짓도 총찬하게 뵈았던지
"악아! 금방 니가 대내분 것이 성냥불인지 알지야? 그것을 댐배에다 대고 뽈면 불이 댕길아지는 줄도 알지야?"
하고 한 번 당겨앉음시로 물었다. 재만이는 피식 웃었지마는 서울로 올라가분 경아 생각을 함께 웃음이 싹 가셔분다. 함씨는 옥굼 하니 놀랜 눈을 하고 나서 손지 손을 더듬더듬 맨침시로 통곡을 했다.
"아이고 내 새끼야! 우리가 먼 죄를 졌다고 요런 벌을 받으꺼나? 금방 웃다가 금방 실추꾸리 하는 짓거리가 홍쿠라진 머리에서나 나오제 어디가 총한 데서 나오겄냐 - !"
하고는 오눌 굿을 하기로 했응께 인자 나슥 것이라고 함시로, 하도 속이 지랄 같어서 극그저께 점을 했다고 말했다.
"그랑께, 애기 때 죽은 느그 고모가 들어서 그란닥 안 하냐? 가가 열한

살에 죽었는데 죽은 지가 어느 상년이라고 인자사 저 씨집 보내주라고 너한테 씌어서 너를 아푸게 할 것이냐? 신이 들어서 아푼 것은 좋아 내려도 그란단다. 그래서 오눌 밤에 굿을 항께, 방에 누웠다가 마당이로 나오락 하먼 나가서 당골네가 시키는 대로 하거라. 그라고 나먼 낼보탐은 나슥 것이다. 느그 고모는 씻겨주고 잡귀덜은 싹 몰아내뿔자!"

징소리가 귀바꾸를 쥐어뜯다 사그라지자 그 틈사구로 또 노래 소리가 디킨다.

    동에는 청제장군
    철갑옷 입고 철투구 쓰고
    남에서 떠들어오는 제귀수사를
    면하세
    에라만수 에라대신
    많이 흠향하시고 생왕극락 가소사
    남에는 적제장군
    적갑옷 입고 적투구 쓰고
    서에서 떠들오는 제귀수사를 면하세
    에라만수 에라대신
    많이 흠향하시고 생왕극락 가소사

판은 벌어졌는데 내빼불먼 굿판이 개판이 되고, 시키는 대로 한다 치라먼 영낙 없이 미친놈이 된다는 심정이, 천장에서 아롱거리는 경아하고 합쳐져 더 애가 터졌다.

폴새껀에, 그랗게 섣달 스무 아랫날이다. 경아가 서울서 설 새로 내려

왔었다. 납살이 여섯 살 차인 동생 친구로 생견 애리디 애리다고 생각했었는데 그것이 아니었다. 하도 오랜만에 만나서

"악수나 한번 하자!"

함시로 손을 잡고 봉께, 재만이는 고 보드랍고 따뜻한 손에 고만 넋이 나가부렀고, 경아도 서울 큰애기답지 않게 납부닥이 뻘게짐시로 둘이는 한참을 쳐다보고 서 있었다.

그도 그랄 것이 설에 큰애기덜 내래오먼 꼭 신부감을 정하라는 함마니의 졸름이나 진도 총각한테만 씨집을 가사 쓴다는 그집 엄아배의 고집이, 그 총각 큰애기가 손을 잡자말자 「내가 정해사 쓸 사람이 이 사람 아닌가?」 하는 생각이로 서로 떠올라 천둥 같은 고동이 가심을 때랬기 땜새다.

초이튿날 밤 가그덜은 쪼깐 더 조단조단한 얘기로 솔목거리에서 한참을 보냈다. 「조산등하고 지터가 있는 달마산에 개진달래 꽃이 사그라지기 전에 우덜이 혼사를 치룬다」는 약속을 함시로.

재만이의 실성기는 고 다음날보탐 생겼다. 식구덜이 볼 때, 밥 먹을 때나 걸어댕길 때나 저 혼자 실실 웃고 댐배를 필라고 성냥불을 써서 댕길기 전에도 또 웃고 하는 것이, 어질병이 지랄병 된다고 혹씨 미치고 있는 징쪼가 아닝가 하는 꺽정을 불러 일셌다.

그란데, 가가 경아한테 장개간다는 생각이로 머리가 꽉 차서 땅을 딛고 댕기는지 떠서 댕기는지 모르고 사알이 지난 뒤에, 토정결에도 없는 날배락이 떨어졌다.

경아가 편지에 써서 동생이 갖고 온 대강 줄거리는 「결혼 얘기를 엄매한테 알리고 그 말이 아배한테 건네가자, 농사를 짓는 빌어먹을 놈은 백년 웬수가 됭게 가망 택도 없는 소리는 안 들은 것으로 한다! 만일에 다시 한 번 개 택아지를 놀리먼 신문에 날 일이 생길 것이다」 하는 배락이었다.

때리는 서방보담 말기는 씨엄씨가 더 밉더라고, 못하게 하는 아배보담도 편지를 보낸 딸이 더 써운했다. 그 편지를 손에 쥐고 뒤로 벌렁 나자빠진 재만이는 정신이 아망한 속에서도 분을 못 참았다.
「그라면, 자기도 장개를 안 갔어야제! 내가 농사를 진다고 누산네만치로 소매장군을 지는 놈이여, 지게통발을 뚜드는 놈이여?」라고 함시로도 내일 서울로 첫차를 타고 간다는 편지의 마지막 대목이 그의 오장육보를 한약 짜댁기 삐뜰어 짜는 바람에 지구다나 숨을 쉬고 누워 있었다.

다음 날보탐 재만이는 밥은 세루간에 시수도 안 하고 눈구멍이 뻔 해갖고 누워서 함씨나 엄매가 어디 아푸냐고 물어도 대꾸를 안 하는 사람이 되아부렀다.
어지께 저녁나잘까지도 입이 귀까장 째지게 웃고 댕기던 가가 자고 낭께 넋 나간 사람이로 둔갑했다.
그 뒤로 매칠을 종구아 봉께 미친 기가 대고대고 도지는 것 같아서 점을 해볼라고 씨엄씨 매누리는 금갑 노인 점쟁이를 찾아갔던 것이다.
"가가 죽었을 때 입에 바람 안 나게 씻겨주었닥 항께 그것은 잘한 것이요마는 인자 씨집 보내주라고 안 그라요? 죽어서 맺은 사둔이 더 가찹고 죽은 사람 중매가 더 애럽다는 것잉께, 우선 산 사람 고칠라면 굿보탐 하시쇼"
라고 한 점쟁이 말대로 서둘러서 오눌 삼살령굿을 하는 참이다.

굿소리가 끄치더니 창문이 빼꿈 열리고 함씨 머리만 방이로 들어왔다.
"악아, 어서 나온나. 암말도 말고 시키는 대로 해라 응? 큰놈아, 일어나거라 어서어 - !"
눈이 뿌숙뿌숙한 재만이가 문을 열고 반침에 나서자 굿 보로 왔던 동네사람덜, 친척덜, 굿하는 사람덜은 모도 가를 초아다봤다. 굿판이 뜬끔없이 조용해졌다.

큰놈이 마당이로 내래가서 새꽉 쪽에 엎어 논 옹구동우 우게 걸체 앉은 것은 그 옆에 함씨가 서서 거그 앉으라고 고개를 끄덕임시로 손짓을 했기 땜새다.

앉은 담에, 그 자리를 뜬다 치라면 새꽉이로 나가서 담을 넘어 집으로 들어와사 쓴다는 단골네 말씀이 깊이 새겨졌다. 잡귀가 못 따라오게 하는 방법이라고 한다.

재만이는 참말로 미친 대끼 시키는 대로 하고 있을랑께 참말로 미친 것 같이 생각되아서 헛지침을 해봤다. 그라자

"이전에 자네 고모가 째깐한 것이 저케 헛지침을 했제 어쨌당가"

하고 오랫들 여자덜을 봄시로 말하는 함씨는 앉어 있는 손지한테서 애래서 죽은 딸을 찾고 있었다.

월강 단골네가 도추 한 자루, 칼 일곱 자루를 가 옆에다 갖다 놓고 꺼만 홋이불하고 지름 적신 소캐 방맹이 하고 볶은 느무깨, 볶은 미영씨, 매물씨를 담은 양판하고를 그 젙에다 널어 놓았다.

귀신 치매자락 같은 꺼만 홋이불을 집어서 탈탈 털고 난 그 여자는, 꾸부정하니 허리를 굽혀서 꾸부정하니 앉어있는 큰놈 귀에다 모가지를 쭉 빼갖고 입을 댐시로 말했다.

"요 머릿속에 있는 귀신아, 쪼깐만 지달려라. 배락이 떨어직 것이다!"

그라더니 귀신 치매자락이로 가를 덮어 씨어부렀다. 그때, 개래지는 사람덜 속에서 동생 장가가 무서하는 낯으로 서 있는 것이 뵈었다.

재만이는 옹구동우 우게 걸체앉은 꺼만 챌또개비가 되어 얌잔하게 있었다.

사방은 침침하고 까깝한데, 동네 아짐덜이 안 되았다고 말함시로 쌔

차는 소리가 디키더니 곧 징소리 노래소리가 귀를 먹먹하게 맹길았다.
 눈 앞에서 소캐 방망이에 붙인 불덩어리가 저를 꼬실릴락 항께 그때마다 재만이는 깜짝깜짝 놀래서 몸을 오구렜다.
 시방 재만이를 애워싸고 굿을 보는 사람덜은, 방구를 끼어도 이뿐 경아 땜시 미친놈이 되고 있다는 것을 암도 알 택이 없제마는, 계속 눈물을 생키고 있는 동생 장가는 오빠 속내를 안다. 암시로도 말을 못하는 것은 퇴짜 맞었다는 사실을 끝까장 숨기기 위해서였다.
 장가는 아적나잘 서울로 전화를 했었다. 암만 그란다고 오빠를 미친놈 맹길아사 쓰겄냐고 함시로 한번 왔다 가기를 부탁했었다. 오눌 밤에 물림굿을 한다는 것도 말했다. 그라자 한하고 듣고만 있던 경아는 요캐 말함시로 전화를 끊었다.
 "나보담 더 이쁜 사람덜이 쌨응께 그런 사람 있으면 가락 한다꾸나!"
 장가는 전화기 옆에 서서, 시방 전화로 말한 가 목소리는 우는 소리였다고 믿고잡어 했다.
 징소리는, 못 전디게 커진다 싶을 때에 가서는 살짝 작어지다가 아주 보드랍게 치는 둥 마는 둥 함시로 노래소리가 크게 디키고, 그란다 싶으면 또다시 귀창이 터지게 울리고는 했다. 재만이는 그 노래가 먼 썻나락 까먹는 소리인지 들어볼라고 귀를 쫑긋 시었다.

　산신길에 가고 대신길에 가고
　해원길에 간 혼신네나
　원한에 간 혼신네나
　유황길에 간 혼신네나
　핏물길에 간 혼신네나
　거리 객사귀나!

그라다가 매물씨, 미영씨 볶은 것을 가한테 던지기도 하고, 볶은 느무깨를 던져 방석불을 뿌리기도 하고, 뚜껀 미영베를 또깨비 놀랜 소리같이 귀 옆에서 째기도 했다.

까시가 돋은 매물씨 미영씨를 뿌릴 때는

"멀리 멀리 떠났다가 볶은 이 씨가 싹이 나오먼 온나-!"

하고 굿하는 여자는 소리를 질렀다.

이 썸통에서 재만이는 정신을 차릴라고 「백년 굿을 해 보쇼, 경아 없이 내가 낫능가」 하는 생각을 억지로 했다.

월강네는 인자 칼을 들고 꺼만 홋이불 우게서 머리에 댔다가 앞에서 내졌다가 「어서 빨리 물러나라, 썩 물러나거라-!」 하더니 그 칼 일곱 자루를 새꽉쪽이로 휫휫 잡어 떤졌다.

"헙세, 헙시다까라! 헙시다까라!"

칼 일곱 자루가 모도 칼끝을 배깥 쪽이로 하고 떨어졌는지 함씨는 좋아라 했다. 누구한텐지 몰라도 말했다.

"어야, 저케도 잘 떨어지겄능가?"

그때 재만이는 경아가 딴 놈한테 시집 간 첫날밤을 그려보고 있었다. 「신랑 신부는 잠자리에 들어갔다. 엿보는 사람덜이 있응께 불을 끈다. 신랑이란 놈은 경아를 보둠고 다리를 하나 올린다.」 요 대목에서 눈을 뻔쩍 뜬 재만이는 선혈증으로 눈앞이 개미침침해짐시로 어질끼가 생기는 참이었다.

그때 아까 씻길 때 피리 불던 남자가 게댁이같이 걸어오더니 가가 깔고 앉은 옹구 동우를 도추로 사정없이 후려 처부렀다. 동우는 박살이 나부렀다.

"웸매, 나 죽겄네-!"

큰놈은 뒤로 덜렁 나자빠짐시로 소리를 질렀다.

엄매 부축을 받음시로, 새꽉이로 나갔던 환자가 담을 넘어서 돌아와 큰방이로 들어가자 함씨가 금새 따라오셨다.

"꺼꿀로 누어라! 부숭 쪽에다 머리를 하고 왼 폴을 비고 한숨 자거라. 인자 끝났다! 낼 아침보탐은 개운할 것이다."

마당은 조용해졌다. 엄매하고 친척딜 서너 사람이 굿청을 치고 있을 때 장가 미숙이는 새꽉이로 나가 상골산 쪽을 바라본다.

「경아가 밤차를 타고 광주로 와서 또 첫 뻐스를 타고 동네로 온다면 녹진에서 내래사 쓴다. 그래각고 야달 시 반이면 즈그 집에 도착할란지도 모룬다」하는 행이나 하는 생각을 함시로.

큰방에서 코 고는 소리가 디켰다.

시방, 총각 농사꾼 재만이는 경아하고 예를 올리는 꿈을 꾸고 있는지도 모룬다. 안 그라면 한꾼에 쇨참 먹고 있는 꿈을 꾸는지도 모룬다.

〈끝〉

축귀(逐鬼)굿

물레소리

　불 써진 창문에서 흘러나온 물레소리가 마당케 내리는 함박눈 우게로 차곡차곡 쟁여지는 저실밤이다.
　밤은 싸묵 싸묵 짚어가는데 욕실 동네가 눈 내리는 모냥 만큼이나 존용하다. 바지랑대만 저 혼자 빨랫줄에 지대고 서 있었다.
　나무등잔 받침이 찌우뚱 항께 초꼬지도 찌우뚱 하제마는 불은 빤듯이 탐시로 꼴랑지만 할랑게린다. 물레를 돌리는 소매바람 땀세 그라능가, 물레 남세 그라능가 몰라도, 고런 것 탓 안 하고 앉어 있는 오산네 왼쪽 뽈을 초꼬지 불이 비쳐준다. 주름은 만해도 고운 태가 남어 있는 것은 치매 저구리를 깨깟이 입고 낭자머리가 삼단 같은 탓인 성 부르다. 노랜가 타령인가 물레를 돌림시로 한하고 불러 싸, 그것은 움시로 부루는 노래같기도 하고 춤 춤시로 부루는 것같이 즐겁이 있는 노래같기도 했다.

　인공 때 서방 죽었다는 기별이 전해지자 울다 울다 망단해 꺼구러지던이, 새끼덜 킨다고 설치번덕 함시로도 심든 내끳 한 번 안 하고 얌잔하게 살어온 오산네였다.
　서른여섯 살 먹어농께 군대 안 가게 되어서 납살 많이 먹은 것을 식구대로 그케딜 좋아했는데 뜬금없이 노무자 영장이 날라왔던 것이다.

군인덜 쌈 잘하라고 물짜 날라다 주는 일을 항께, 총소리 한 방 못 듣고 돌아올 수도 있고, 재수 없으먼 죽을 수도 있다는 반데를 서방은 큰소리 침시로 떠났었다.

"내 꺽정은 한나도 하지 마! 쪼깐 있으먼 웃고 오꺼잉께, 부모님 잘 모시고 아그덜이나 잘 켜!"

「그랄랑 거이제, 원판 날싼께 인민군 스물이 하고 쌈해도 큰 일은 없을랑 거이제」

오산네는 전장에 나선 서방을 생각할 쩍마다 요케 혼잣말을 했었다.

서방 군대 간 다음 해 그녀는 텃밭 시 마지기에 명을 갈었다.

명베를 헙박 짜서 소캐 옇고 새 옷을 맹길아 따뜻하니 입힐라고 잘 챙겨 두었다. 새 이불도 맹길아 풀 꼬실꼬실하니 맥여서 농 우게 올려놓았다.

짐도나 진 저실밤이 시 번짜 왔다. 저실에 갔응께 2년이 된 셈이다. 인자 봄이 되면 서방님이 돌아오시꺼이다.

저실은 짚어지는 만큼 추워서 막둥이를 보듬고 자는데 되게 놀랜 적이 있었다. 꿈에 서방 몸을 더듬는데, 폭탄 탄필에 맞어서 그란다고 보리밥티 만한 것만 붙어있었다. 하도 울고 불고 납두다가 눈이 붓어 갖고 잘 안 떠징게 두 손이로 지구다나 띠어 봉께는 꿈이었다.

"히히히힉"

중학교 1학년 진숙이는 웃음을 못 참었다.

"깨 봉께는 막둥이 작은 아부지였더라고라?"

"가시나덜은 고런 말이 나오먼 잔 안 들은 척하는 뱁이여!"

바누질 하던 분투동네는 딸을 힐가니 돌아보더니 집안 내력 가운데 함마니 얘기를 하는데 방정맞게 웃냐는 눈치를 보내고는 말을 잇어갔다.

오산네는 한 달에 한 번썩, 서답이 끝난다 치라면 매칠 새에 삭신이 갠질거려 갠지람 몸살을 하기가 징했다. 농 우게 이불을 쳐다 봄시로 서방이 돌아오먼 두 몸뚱아리가 한나가 되아, 전장 얘기도 하고 장난도 함시로 히히닥거리는 것을 그려보고는 했다.

고런 때면 이녁 몸뚱아리를 이녁 맘대로 못하는 고통을 전뎌사만 되았다. 마치 아랫도리에 불이 난 것 같었다.

그래서 참니라고 바눌로 허벅다리를 엄마나 씨서 놨능가, 고 도랑이 숭태 천지였다.

"이노무 삭신! 요노무 몸뚱아리!"

함시로 여그 저그 찔름시로 못 전딩게 울고 또 아풍께 울었다. 서방 각씨 떨어져 살기가 요케도 심들다는 사실을 입빨 악물고 실감했었다.

"엄매, 나는 먼 말이 먼 말인지 모루겄네"

"그라면 되었어, 낭중에 알어먹을 때가 오꺼이다. 느그 함마니가 그랬다는 얘기다."

모래보탐 시험잉께 진숙이는 국사책을 놓고 얘기를 들음시로도 눈은 거지반 책에다 두고 있었다. 책에는 단군 하랍씨도 나오고 6.25 때는 한반도가 둘로 나나서 큰 쌈을 했던 것도 써 있었다.

오산네가, 봄이 되자 밤마다 개짖는 소리에 가심을 우둥게림시로 행이나 하던 어느 날, 하눌이 무너지고 땅이 꺼지는 기별이 왔다. 나라를 위해서 장하게 죽었다는 기별이었다.

"워매, 워매 이것이 먼 말이당가, 워매 워매!"

기가 맥해서 눈물도 안 나왔다.

울다 나자빠지고 다시 일어나서 두 손을 모태 땅을 쳐디꼈다. 날이면 날마다 애간장을 녹이다 봉께 가심애피가 생겼다.

물레소리 131

삼년상을 치릴 때까장 날이 날마다 아침저녁 상을 보아 메를 올리고, 탈상 날 밤 걸게 씻기고 나서사 오산네는
『아, 우리 서방님이 인자 참말로 요 시상 사람이 아니구나!』
함시로 애간장을 끓는 것이 숙졌다.

오산네는 질닦음 대목에서 쓸 질베를 이녁이 짰던 장롱 속에 있는 놈을 쓰게 했다.

멩 밭에 있는 허간 미영을 따서 볼가, 그놈을 춘복이네 멩 타는 기계로 소캐를 맹길아다가 씨시풍지 짤라서 찔쭉찔쭉한 고추를 밀었다.

그 고추로 물레를 잣어서 허간 실을 맹길고, 실꾸리를 북통에 여 갖고 베틀에 앉어 베를 짰던 그 놈이다. 그 베를 서방님 저승 가시는 질베로 쓰고 있었다.

당골은, 허간 옷을 입고 질베를 닦는다. 질닦음 노래가 밤하눌에 퍼진다. 지청에서 마당끝까장 질게 펴진 질베는, 줏대에 달아논 정기불에 비쳐서 허-가니 눈이 부셨다.

제-보살
제-보살이로구나
나무-우우우-
어야나-헤-
어야나무 나무여
나무아미타-불

백구야 물 잡어라
녹야청강 배 띠어라
세왕극락 가옵시네-

오산네는 움시로도 노래가사를 귀담어 들어봤다.

배를 타고 건네서 극락 시상이로 가신다고 한다. 거가 엄마나 먼 덴지는 몰라도 아매 솔찬히 멀 것이라고 생각되었다. 시방 이 질베를 지나 글로 떠난다는 것이다.

요때 오산네는, 서방 징용 가고 나서 밤마당 물레를 돌려 뽑아냈던 허-간 실을 모도 합치먼 극락까장 갈랑가도 모룬다고 믿어져 눈이 뻔쩍 빛났다.

「만일 못 간다면 어짜까!」

요 생각 땀시 탈상 치고 난 다음 해도 또 미영을 심겨 물레를 돌려서 실을 맹길었다.

"느그 함씨는 저실 내내 초꼬지 불 써 놓고 물레를 돌림시로 노래를 불렀단다. 당골한테 질닦음 노래를 갈체 주락 해갖고 밤마다 불렀제 어쨌디야."

진숙이는 책을 덮었다.

"엄매, 그라먼 하라부지가 극락까장 그 실을 타고 가셨당가?"

"모르제, 탈상하고 두 해짜 되던 해 함마니가 안 돌아가셨냐! 닷새 전까장도 물레를 돌리셨제 어쨌디야."

분투동네는 백짝에 걸려 있는 가네 아배 사진을 봄시로 말했다.

"함마니는 돌아가실 때 나보고 물레를 돌리라고 하셨어야. 그래서 내가 텃밭에다 명을 또 심겨 실을 맹길고 베를 짠 놈이 시방 농 속에 잔 남었제 어짜냐."

진숙이는 말이 없었다. 백짝에 걸린 아부지 사진을 한번 돌아다 봤을 뿐이다.

"내가 맹긴 실 보탰으먼 하라부지가 아매 극락까장 가고도 남었을랑 거이제. 월남 가서 죽은 느그 아부지도 그 질로 극락에 갔으꺼이고..."

막네는 그제사 마래 시렁 우게 있는 물레의 내력을 알게 되았다. 진숙이는 책을 들고 나간다. 분투동네는, 바눌로 허벅다리를 씨신 얘기는 씨엄씨 뿐 아니라 이녁 얘기이기도 하다는 것을 생각해 봤다. 언젠가 가를 댁고 모깐하로 갔는데 허벅다리를 보고는

"엄매, 어쩨 여가 요케 푸르둥둥 하당가?"
하고 물었던 일도 떠올랐다.

분투동네는 말 없이 나간 막내 생각이 나서 작은 방이로 가만가만 가 보았다.

「뭣 한댜, 이 가시나가…?」

모방이 하도 지용해서 창구멍이로 가만이 딜예다 보다가 깜짝 놀래 물러나 몸빼를 한번 추구셌다. 그라고 나서 다시 창구멍에 눈을 대고 봤다.

방 안에서 막내 진숙이는 지 허벅다리를 바눌로 씨셔 보고 있었다.
엄매는 큰방 앞이로 가서 소락지를 질렀다.
"막내 어디 있냐-! 모깐하로 가자-!"
그람시로 두룽게린다.
「저것이 보 속이 들어서 즈그 엄매 아품을 지가 당해볼라고 그라까…?」

눈 속에서 바지랑대는 저 혼자 밤새 물레소리를 듣고 서 있다.

〈끝〉

미역섬의 마지막 사랑

　여섯 집이 살고 있는 요 미역섬 꼬막주게 같은 초집 지붕 우게다 '깐치야 깐치야 너는 헌 이빨 돋고 나는 새 이빨 돋게 해 주-라!' 함시로 지 썩은 이빨을 떤지던 아들이 보 마은 살이 되았응께, 그간 세월이 빨리도 지나가 부렀다.

　아들 둘하고 딸 한나 나서 키다가, 큰놈 열야달 살 쩍에 열다섯 먹은 작은놈 댁고 물 보로 갔던 서방이 배 까바져서 죽던 날, 갯갓에서 만재도 쪽을 봄시로 울다 울다 망단해 목구녁이 칵 맥해분 때도 보 이십이 년이 되았다.

　가이나는 커서 스무시 살에 서거차도로 씨집을 보냈는데 시방 목포서 살고, 군

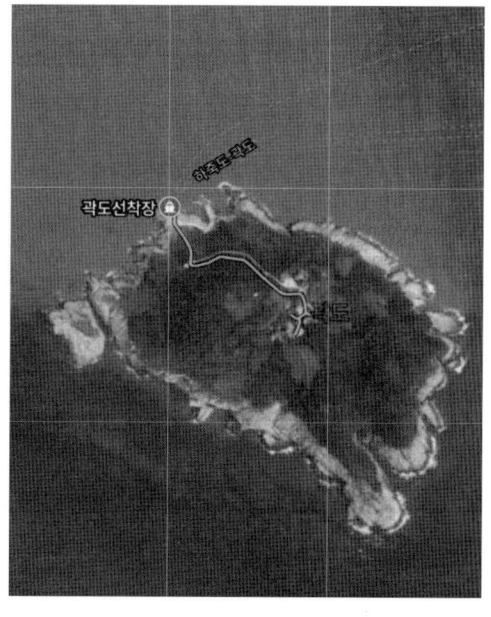

대 갔다 와서 목포 가이나 만나갖고 거그서 사는 큰아들도 맻 년 전보탐은 여그를 안 온다. 만재도네가, 요 섬에서 달랑 혼자 남어 산 지 엄마나 되았으까 하고 또박또박 손꾸락을 짚어봉께 올해 15년짜다.

점심을 먹고 나서 따순 물 디어 정재문을 걸어놓고는, 머리 깜고 몸 구석구석을 문팀시로사 덜컥 생각난 것이 있었다. 5년 전만 해도 오동포동한 데가 두어 군데 있었는데 환갑이 되아 놓게 인자 남정네한테 몸뚱아리 맽기기도 여럿 일이라는 깨득이었다.

그녀가 해필 5년 전을 생각한 것은, 그해 어느 봄날 개갓배가 한 척 닿았덩가, 껀정한 남정네가 찾어와서 짐치가 떨어져 그란다고 한 냄비만 포라고 사정을 하는 것이었다.

감자를 찌느라 불을 때고 있응께 납부닥이 뿔구족족하고, 쪼꾸리 방석을 깔고 가랭이를 쫙 벌리고 있응께 눈이 갱기시롬하니 슬슬 잠이 오라고 하던 참이었다.

배깥에서 짐치를 포라고 그라던 뱃놈이, 감자나 한 개 얻어 먹었으먼 좋겠다 함시로 정재로 뿌득뿌득 들어오더니, 뻔개같이 달라들어 일어나고 있는 사람 양 저드랑을 텁석 잡어서 검불나무 우게다 자빨셔 놓고 몸빼 가랭이 한나를 빼부렀다.

서룬 야달에 홀엄씨 된 뒤로 맹골 죽도 뿐만 아니라 서거차 동거차 사람덜까장도 비석을 시어 줘사 쓴다고 추기세 줄 만큼 얌잔하게 살어 왔는데, 서방 죽은 지 17년이 지난 쉰다섯에 느닷없는 일을 당한 것이었다. 봄상에 너댓 살 손아래로 뵈는 그놈은 바지를 올림시로 말했다.

"요 섬에는 여자덜만 산다는데 정말 당신은 혼자 살기 아깝소. 초가실 삼치 잽힐 때 또 올테니 기다리시오!"

그라고는 짐치고 감자고 들맥이도 안 하고 나가고 있었다.

만재도네는 그의 발소리가 안 디킨 뒤로까장 두 눈 밀가니 뜨고 누워 있다가 건네집 개 짖는 소리를 듣고사 일어났다. 비땅을 들고 나가보니 키다리는 이쪽을 돌아보도 않고 그 집이로 들어가고 있었다. 흑산도네가 방에서 나오자 짐치 얘기를 끄집어내는 모냥이었다. 만재도네가 소락지를 질렀다.

"우리는 폴 짐치가 없응께 그집 가서 물어보쇼-!"

불 땔 때보담 납부닥이 더 뻴게진 그녀는 비땅을 한 번 내두룸시로 금방 그 말을 한 번 더 하고는, 도독놈 지 발 재린다고 정재로 들어와 부렀다.

만약에 고 남자하고 고런 일이 있었다는 사실이 들통나믄, 동네 여자덜한테 봄에서 못 살란지도 모를 일이 생깅께, 정재로 들어옴시로 사방을 둘러봤었다.

쪼꾸리 방석에 탈싹 주저앉은 만재도네는 검불 불이 꺼져분 캉캄한 부삭 안에 눈을 못 박어놓고 있다가, 암껏도 안 뵌다는 사실을 깨득했다. 눈물이 쏟아져 온 천지가 범벅이었다.

고 눈물은, 생견 첨 본 낮또깨비 같은 놈한테 몸을 뺏겨 죽게 분해서도 아니고 동네 누군가가 눈치를 채 이름이 더러지까 하는 꺽정 땜시도 아니었다. 17년 만에 받어딜인 남정네 체중이, 어짜피 저질른 과오에 비해서 너무도 허망했던 탓이다.

이녁이 자빠졌던 검불나무를 봄시로, 넙턱지를 받쳐주던 남정네의 큼직한 두 손뿌닥이 생시에 잘 해주던 서방을 떠올리게 해 일찍 죽은 사람을 원망하는 눈물일 뿐이었다.

그때보담 요 여자는 가실을 지달렸다.

양력 9월 하순이 됨시로 삼치잽이 배덜이 맹골도와 병풍도 일대를 부산나게 돌아댕기자 그녀 또한 부산나게 갯갓을 나댕김시로 이쪽이로 오는 키 껀정한 사람의 배가 있능가 하고 둘러보고는 했다. 그란데 가실이 지나고 저실이 오고 또 저실이 가고 봄이 와도, 새꽉이로 들어서는 껀정한 남정네는 안 나타났다.

그작 저작 5년이 지낭께 인자 여자 납살 예순이 되았다. 쩌참에 목포서 아들하고 딸이 새끼덜 댁고 유달산이로 놀로 왔닥 함시로 내년에는 환갑잔치를 할란다고 전화로 말했다.
"함마니, 잘 디키요? 환갑 때 좋은 선물 할께요?"
손지년이 전화기를 뺏어갖고 또록또록 말했다.
요 때 만재도네는 밥 먹다가 도꽉 씹은 듯한 충격을 받고 스스로 놀랬다. 환갑이라고 말한 그 순간, 납부닥도 확실히 기억되지 않는 그 껀정한 뱃놈이 떠올랐기 땜시였다.
「내가 고 사람을 속이로 지달리고 있으까, 시방도?」
그라고는 환갑된 여자 납살에 먼 우새시런 꼴이냐고 웃어부렀다.

팽목에서 배를 타고 총알같이 달리먼, 대개 1시간 20분쯤 걸려서 요 미역섬에 닿게 되는데 낚수꾼덜은 고런 배를 타고 온다. 여객선은 열 군데 이상 섬을 거쳐 강께 서너 시간이 걸린다.
서남쪽 질로 끄트머리, 맹골군도 가운데서 곽도라는 째깐한 섬이다. 맹골군도는 유인도 싯, 무인도 닛이로 유인도는 맹골도, 죽도, 곽도고 몽덕도, 명도, 간서여, 변서여가 무인도다.
요 가운데서도 곽도는 미역섬이라는 이름 고대로 해초가 많한 데여서 자연 개기덜도 많다. 저실이 됨시로 웃녁 바닷물 수온이 낮어지면 돔이라는 놈덜이 맹골군도나 병풍도쪽이로 몰린다.

진도를 찾어온 서울, 부산, 광주 등지의 낚수꾼덜이나 진도읍 태공덜도 대개는 당일치기로 새북에 죽항도, 관매도 아니면 관사도, 내병도, 옥도로 갔다가 오후 다섯 시쯤에 돌아가는 처지다. 그랗게 3,4일 차분시럽게 일정을 잡어 맹골군도의 곽도까장 낚수 하로 가는 사람은 상당한 태공이다.

낚수라는 것이, 개기가 물먼 잡어댕겨 건져올리는 일이지마는 개기에 따라서 걸려 따러오는 모냥이 각각 다르다.
볼락은 물고 카만이 엎저있다가 하도 조용항께 잡어댕겨 보면 걸려 따라오고, 짱애는 물어도 낚숫대 끄틋머리가 끄덕하고 마는데 잡어채먼 흔들흔들하고 나옹께 보 물속에서보탐 짱앤 줄을 안다.
숭애는 숭애 이깝이로 낚어야 한다. 고 이깝이 크고 굵은 것같어도 보들보들한 고룸재라서 숭애덜이 좋아한다.
또 농애는 탁 걸리면 뜸시로 좌우로 물살을 갈고 댕기는데, 입질을 할 때 쪼깐 끄서주면 물 것 같어도 그라면 내빼분다. 가잘미는 묵지근하게 움직이도 안 하고 따라오고 복쟁이는 사람같은 이빨로 낚수줄을 끊어붕께 애물단지다.

그란데 태공덜이 돔을 질 좋아하는 데는 그랄 만한 이유가 있다. 돔은, 이깝을 먹다가 지가 낚수에 걸린 성 부르먼 두 번쯤 줄을 쌩겨보다가 쏜살같이 짚은 데로 내뺀다. 그란다 치라면 배깥에 있는 낚숫대 끄틋머리가 사정없이 휘어진다. 뜰낙은 더 재미가 있다. 돔이 물 속에 있는 새비를 먹으먼 물 우게 동동동 떠 댕기던 찌가 쑤욱 들어간다. 요 때 탁! 하고 잡어 채먼 그놈은 물속에서 짚이만 들어갈라고 애쓰고 태공은 끄서낼라고 심 쓴다. 요론 때 손맛이란 말로는 다 설명하기가 애럽다.

고 돔이란 놈이 40센치가 넘어서고 5,60센치에 이른다 치라먼 개기하고 사람하고 쌈하는 꼴이 되는 것이다. 개기가 크다고 심껏 잡어댕기면 쥐딩이가 째지던가 낚수를 홀미친 줄이 끊어징께 줄을 풀어줬다 감었다 느꿔줬다 쌩겼다 함시로 개기 심이 팡지먼 뜰채로 떠사 되는 법이다.

요새같이 저실이 됨시로 눈이 서너 번 올 때쯤이먼 굵은 돔덜이 이동해 온다. 그래서 태공덜이 맹골도나 병풍도 일대의 저실 돔낚수를 꿈꾼다. 그라지마는 병풍도는 사람이 안 사는 무인도라 낚수하다가 먼 일이 생기먼 조치할 수가 없어 지혜 있는 태공은 맹골쪽을 택하는 편이다.

곽도를 찾어오는 낚수꾼덜이 3·4년 전보탐은 많애지고 더러는 4·5일도 하고 가는데, 저실에는 너머 추웅께 야영을 포기하고 동네에 들어와 민박 부탁을 하는 사람이 생겨났다.

우선 잠잘 방을 부탁하고 밥까장 먹자고 한다.

말이 동네제, 섬이 하도 째깐항께 전부 해봤자 여섯 집이고, 납살은 많애도 여자덜만 한 사람썩 사는 집이어서 첨에는 서로 남정네덜을 안 받을라고 처나불기도 했다.

수 년간을 여팬네 혼자 자는 것이 질들여졌는데 남정네 냄사나 코 고는 소리가 나먼 전디기가 어중시럴 일이었다. 그러나 뚱금없이 태풍이 온다등가 한파가 몰아치먼 사람이 살고 봐사 쑹께 대고 몰아내불 수도 없는 노릇이었다. 그러고 혼자 오는 것이 아니라 여럿이서 옹께 민박이 가능하게 되았다. 더구나 젊은 사람덜잉께 한 방에서 너댓 명 한꾼에 자는 일이 재미도 있었다.

그저께 아적에 낚숫배 한 척이 도착하고 쉴참 때쯤 해서 한 사람이 찾어와 민박을 부탁했다. 일곱이 왔는데 일주일 있을 예정이라는 것이었다. 동네 여자덜이 민박을 크게 성가시다고 생각을 안 하는 이유는 대개 먹을 반천을 갖고 오는 탓이다.

만재도네는 이녁이 시 사람을 받고 흑산도네한테 니 사람을 보냈다. 알량한 민박이어도 약간은 돈을 받응께 여자덜 입장에서는 일 없는 저실철 용돈은 되는 택이다

그녀는 일부로 납살 만한 사람 선이를 받었는데, 낚수꾼덜을 받어 보먼 젊은이덜보담도 안 까랑께 좋았다. 방이 잔 안 뜨겁도 말이 없고 반천 탓도 안 하는데 젊은 것덜은 즈그 집인 줄 알고 까람 남상 피는 놈이 있다. 고런 때는 꿀 깨는 조세로 칵 좆아불고 잡은 생각이 든다.

엊저녁에는 남정네덜이 너머 점잔해서 이녁이 몬야 말을 걸었다.
"아잡씨덜은 어디서 오셨습닌자?"
일곱 사람 모두 서울에서 왔다고 민박 교섭차 첨에 혼자 왔던 사람이 대답했다.
"참, 팔자덜도 좋으요마는 각씨덜이, 혼자만 그라고 댕겨도 카만이덜 있는 것이요옹?"
"젊었을 때 잘해준 덕분으로 특별휴가를 얻는 셈이지요"
"그랬을 것 같으요, 봉께는 모도들 키도 크고 코도 크고 그란데 잘해 주셨겄지라?"
남자덜이 웃었다.
"혼자 계신 지 오래 되셨나요?"
술기 오르는 사람이 질로 크게 웃고 나서 물었다.
"우리 서방이라? 진짜 잘해줬지라! 할 만큼 해주고 간 지 오래 되요. 살었을 때는 너머 잘해줘서 병이었소마는"
"입원할 만큼 잘해주셨어요?"

"병원이라고는 결혼 막 해서 오줌소태 났을 때 가 보고 아직은 안 가 봤오. 히히히!"

남자덜도 크게 웃었다.

"오줌소태가 날 정도였다면 돌아가신 분이나 혼자 남으신 분이나 원은 없으시겠습니다."

"나도 원은 없어라! 그란데 맻 살썩이나 잡수셨오옹?"

"이분은 한 살 위고 둘이는 막 예순입니다."

첨에 왔던 사람이 안경 낀 왼쪽을 갈침시로 말했다.

"웜매 웜매, 나는 나보담 너댓 살 아래로 생각하고는 함부로 말했는데 참말로 그래라아? 서울 사람덜은 살기가 좋응께 안 늙는 것이요옹?"

요케 웃음엣 소리를 할 수 있응께 낚수꾼덜을 받는 재미가 있는 것이다.

오늘 아적에 새북낚수를 나섰던 사람덜이 모도 낚수가방을 짊어지고 돌아왔다. 흑산도네 손님덜도 마찬가지였다.

일기예보에 낼보탐 바람이 터지고 한파가 온다고 그래서 배를 오락했다는 것이다.

"아주머니, 갔다가 곧 다시 와야겠네요!"

"언제나 또 오실랍닌쟈?"

만재도네는 첨이로 또래 남정네덜만 받어서 매칠 간은 재미 있겄다 했더니 간닥 함께 서운한 모냥이었다.

그란데 고 다음 얘기가 덜컥! 하고 가심에 걸려왔다. 한 사람은 남어서 큰 놈을 꼭 잡겄닥 함께 할 수 없이 폐를 끼치겄다는 얘기였다.

"우리 김사장은 이번 출조에 대어를 못 잡으면 안 돌아가겄다고 나섰으니 아주머니께서 앞으로 5일간쯤 더 도와주셔야겠습니다."

한 살 더 먹은 사람이 설명하자 교섭차 왔던 고 사람이 말을 잇었다.

"저는 몇 년을 기다려서 이 환상의 섬으로 낚시를 왔으니까 그냥 갈 수가 없네요. 대어 낚을 준비를 너무 잘해 왔거든요."

요케 해서 여섯 사람은 가불고, 혼자 남은 김사장은 샛질을 따라 낚수터로 사라졌다. 만재도네는 바람이 없어도 밀려오는 갯갓의 파도 모냥 가심이 울렁임을 느꼈다. 앞이로 너댓새 저 남정네하고 같이 있을 것인데, 뭔 일이 생길 수 있는 조건 뿐이고 어짜먼 생기기를 바라는지도 모른다.

생각해 보면, 서른 야달에 혼자 되아 외롭게 삼시로 환갑이 되고 낭께사 요케 살어온 것이 꼭 잘한 것이냐는 생각이 들었다. 죽은 서방과 새끼덜의 위신을 위하고 자신의 평판을 지킨다고 하루 하루 요케 살어온 지나가분 세월이 너머너머 아까웠던 것이다.

그래서 5년 전에 일통을 내고 가분 도독놈같은 키다리가 18년 간 한꾼에 살다가 죽은 서방보담 더 따땃하게 생각되었다고 봐야 맞다.

그란데 5년이나 행이나 하고 지달렸어도 허상께 그녀는 맘을 바꿨다. 혼자 낚수 온 남정네가 있다먼 고 사람이 키다리 대바구라고 믿어 불자는 것이었다.

점심 먹고 모깐함시로도 그녀의 가심은 우둥거렸다. 김사장이라는 낚수꾼이 저녁밥을 먹고 나서 술 한잔 마신 뒤로 달라들어 자기를 자빨시먼 기양 자빠져부러야겠다고 생각해 봤다.

또 떠나기 전날밤까장 멍챙이같이 밥숫구락 빼자마자 잠만 퍼 자불먼 어짜까 하는 꺽정도 해 봤다.

요번 같은 기회는 인자 평생 안 온다고 봐도 틀림이 없다. 혼자서 오는 낚수꾼은 없고, 한꾼에 왔다가 한꾼에 가는 데다가 대개 젊은이덜이라 요론 감정을 가질 만한 경우는 요참에 하늘이 주셨다고 믿어졌다.

고 사람 가불먼 요론 기회가 영원히 없다고 생각되자 만재도네는 서

둘러 모간물보탐 디었던 것이다. 일이 안 되아도 할 수 없제마는 만약 잘 될 때를 위해서였다. 22년 만에 첨이로 맘 먹어보는 외도고 이녁 평생 마지막 안기게 될지도 모룰 남자의 품이기 땜세였다.

쪼깐 전 방에다 상 퍼놓고 반천 한 개썩하고 돔 여서 끓인 미역국과 검은콩 연 밥그럭을 올림시로, 남정네를 위해 상 채리는 것이 음마나 오진 일인가를 체험했다.
뒤안에서 저실배추 뜯어다 생짐치 맹길고, 고때 고때 뜯어 몰린 포래, 꼬시락, 듬북, 모자분, 톳, 해우로 솜씨를 낼 때 저 혼자 소리 없이 웃기도 했다. 젓갈에는 참지름하고 볶은 깨를 더 여서 중물렀다.
요런 심정은 민박 온 낚수꾼한테 돈 받고 포는 음석이 아니고 이녁이 좋아서 맹기느라 서둔 걸쌈이었다. 낚수꾼은 맛있다는 말을 여러 번 함시로 밥을 먹었다. 거그다가 갖고 온 술 한 잔썩 함시로 만재도네한테도 권해서 한 잔을 받어 마셨다.

그이가, 요케 혼자 산 지 몇 년이나 되시냐고 묻자 손꾸락을 또박또박 짚어감시로 시어봉께 15년짜였다.
두 사람은 잠깐 말이 없었다. 그제서야 밤 파도소리가 요 머나먼 섬을 삥 둘러 윗소리 친다는 것을 알 수 있었다.
배깥에는 어둠뿐인 밤이 되았다. 맹골도 건너편 죽도의 등대불이 찬찬히 돔시로 같은 간격으로 바다를 비친다. 동거차 서거차 불빛이 멀리서 건너오고 남쪽과 서쪽의 불빛은 개깃배에서 비친 것이다.
만재도네는 지금까장 살어온 지난 날을 생각했고, 아적나잘보탐 시방까장 마치 결혼 첫날밤을 맞는 신부와 똑같은 꿈을 꾸었다. 그러나 아풀싸 하고 놓친 일이 생각났다.

「아! 요 섬에 같이 사는 저 여편네덜!」

이녁 말고 다섯 여자덜이 갖고 있는 독새같은 눈동자덜이 떠올랐던 것이다.

여자덜끼리만 상께, 심에 보치는 일이 생길 때 서로 돕는 것은 서로 살라고 모태는 모냥새고, 한꾼에 미역을 뜯는 일은 이녁 먹고 사는 길이라 웃음시로 보지람 떤다.

그러나 짝 잃은 기뚝새같이 혼자 살아가는 여섯 여팬네덜은 서로 가진 외로움을 서로 맞대어 의지시킴시로 안 자빠지고 버티고 있응께, 만약 한 사람이라도 요 섬에서 외간 남자하고 먼 일통을 낸다 치라면 남재기 모도를 자빨셔부는 죄를 저질렀다고 생각하는 것이다.

8년 전인가, 가거도네가 전복 홍합을 따로 댕기는 흑산도 사람 다섯이를 열흘간 재워주고 돈을 많이 받았는데, 고 사람덜 떠날 때 나중에 나온 사람이 일통을 저질렀다. 목소리 큰 가거도네가 「안 되아-!」 소리를 열댓 번이나 내는 바람에 기눈 감치대끼 암도 모룰 일이 들통나부렀다.

고 담 날보탐 다섯 여자덜 눈이 독새눈이 되아 갖고 쏘아봄시로 암도 말을 안 받어중께 개밥에 도토리 신세가 되았다. 일년을 외롭게 살아온 그 여자는 결국 목포 병원에 입원했고, 즈그 아들네 집이서 삼시로 고 때 열흘간 받은 돈을 전부 동네에 빌란다고 사정사정 해서사 용서를 받았다. 그 돈은 일년 미역 농사 대금을 분배받지 않는다는 내용이었다.

만재도네는 그 일을 이녁 일로 치고 실감 나게 가늠해 본다. 일년 미역 농사도 큰 것이제마는 소문이 더 무섭다. 행실 바르다고 칭찬받더니 그동안 응큼한 짓을 몇 번이나 저질렀을지 모룬다고 하루 아적에 행짓 보가 걸래로 변할 문제였다.

"아주머니, 갑자기 뭔 생각을 그렇게 심각한 얼굴로 하고 계십니까?"

굵은 목소리로 낚수꾼이 묻자 깜짝놀랬다

"아니람닌쟈! 암껏도 아닙니다."

"놀래시는 것이 아주 중요한 일인 것 같네요?"

중요한 일임에는 틀림이 없다. 둘 중에 한나를 택해사 될 일이다.

만제도네는 속이로만 대답을 했다.

「매칠 있을 당신을 택하자니 나를 대내부러사 쓰고, 내가 죽도록 요케만 살자니 너머 서러요.」

그라고는 더듬거리고 있을 시간이 없다고 자신을 독촉했다.

백짝에 시계가 아홉 시를 갈칠 때 그녀는 결심을 했다.

「몰래, 암도 몰래 두 사람만 아는 추억을 맹길자!」

하고 나서 상을 치우고 설것이를 마쳤다. 숭늉을 한 대접 들고 방이로 들어서니 낚수꾼은 술병마개를 닫는다.

"아주 맛있는 식사를 했습니다."

"그래라? 그랬으면 다행이요마는."

만재도네는 인자 아무 것도 다음 일은 생각을 말기로 했다.

"뻗치시꺼잉께 인자 주무시고 새북에 개기를 낚으셔야지라?"

"저는 오리털 침낭이 있으니까 아무 데서나 상관 없습니다. 부엌도 좋고 반침도 괜찮습니다."

낚수꾼도, 방에서 한꾼에 잔다는 사실을 거북스러워 했으나 그것은 어디까지나 여자의 입장을 말해보는 것이었다.

"아니람쟈! 추운데 따땃한 방 놔두고 떨 필요가 없어라. 나사 암 데서고 잘랑께 꺽정 말고 어서 주무이쇼."

요람시로 비게하고 이불을 내래 아랫목에 폈다. 가심이 또다시 우둥거렸다.

고 때 배같에서 여자 목소리가 울렸다. 흑산도네였다.

"어야, 만재네! 저녁밥 먹었능가? 손님 땜시 잠자리가 성가시먼 우리 집이로 가서 같이 자껀?"

웬수같은 목소리였지마는 어짤 도리가 없었다.

"예, 성님이요? 그랍시다. 그란데 목포 아들한테 전화를 지달링께 쪼깐 있다 감시다. 잔 들어오실라?"

하고 문을 열자 고 여자는 속이 뵈서 미안했던지 몬자 가 있을란다고 되돌아 갔다.

낚수꾼은 구명조깨하고 잠바를 벗고 나서 댐배를 꺼낸다. 짐이 새기는 둘이 다 매한가지였던 것이다

"제가 부엌에서 잘텐께 그냥 집에서 주무세요. 전화가 올른지도 모르고요. 부엌을 보니까 검불나무도 있으니 그 위에서 자면 좋겠네요"

검불나무가 나오자 만재도네는 가심이 뜨끔했다. 5년 전, 거그다가 껀정한 뱃놈이 자기를 자빨세분 과거가 있기 땜시였다.

"아니라, 점잔한 분이 정재서 주무시먼 쓰겠소?"

요런 실랭이를 하던 끝에 낚수꾼은 아랫묵에 쭉 뻗고 누웠다.

촛불이 간혹 울렁인다. 울렁이는 촛불을 봄시로 만재네는 울렁이는 가심을 맨침시로 웃음을 머금었다. 삼치잽이 때 온다는 사람을 위해 목포서 사 온 초였다. 색유등불은 냄사가 낭께 일부러 사 온 것인데, 묘하게도 다른 사람한테 써먹는구나 하고 생각한 탓이다.

"아주머니."

그는 누운 차로 여자를 불렀다.

"예."

"저는 잠깐 눈을 붙이고 나서 바다에 나갈테니 제 옆에서 편히 주무십시오. 전혀 다른 생각은 마시고요."

자기를 꺽정하지 마라는 애긴지 다음 일은 상관 말자는 것인지 모를 말이었다.

고 때 전화소리가 찬물 뿌리듯 방 안을 때렸다.

"예, 미역섬이요."

"나, 동거차네여! 손님 땜시 고상되면 우리집이로 올랑가?"

동네 여자덜이 이쪽에다 눈독을 딜이고 있는 성 부르다.

"쪼깐 전에 흑산 성님도 왔다 갔는데 꺽정 마이쇼!"

"그래? 알었네."

요런 전화가 두 번 더 왔고 한번은 울리다가 받응께 끊어졌다. 남정네 한 사람 놓고 동네 예팬네덜한테 비상이 걸렸다. 다 봐줘도 그 꼴만은 못 보겄다는 심보였다.

만재도네는 코를 식식 붐시로 흑산도네한테 전화를 걸었다.

"성님이요? 만재네요. 낚수꾼 손님이 정재서 주무실란다고, 쪼깐 눈 붙이고 나서 낚수하로 가신다고 그라싱께 새북에 밥도 채려드려사 쓰겄고, 나보고 미안시럽다고 그람시로 방에서 혼자 자라고 그라시오마는."

"그래랑가? 손님보고 정재서 주무시라고 그라면 미역섬 인심이 아니제, 남녀 둘이 한 방에서 잤다는 소문이 나도 그라고, 좌우지간 자네 알어서 하게!"

수화기 놓는 소리가 대차 시게 디컸다.

그라고 낭께 금방 서거차네한테서 전화가 왔는데, 흑산네가 뽀꿀이 나서 징하더라고 함시로 쪼깐 있다가 즈그 집이로 오라고 했다.

"아주머니, 저 때문에 여러 가지로 불편하신데 가서 좀 주무시고 새벽 일찍 오십시오."

낚수꾼의 이 말을 듣고사 만재도네는 서거차네 집이로 나섰다.

"쪼깐 더 주무셔야 하꺼인데 일어나실라고 그라시요?"

만재도네는 밥을 앉침시로 시수하로 나오는 손님한테 말을 걸었다.

혼자 고상됭께 도와줄란다고 끄덕끄덕 따라온 서거차네는 말 없이 불을 때고 앉어 있었다.

낚수꾼이 밥상을 물리고 어둠 속이로 떠난 뒤 두 여자는 방에 들어가서 해가 중천에 오를 때까장 잠을 잤고, 남재기 여자덜 넌이가 왔다가 방문을 열어보도 않고 안심했다는 듯 돌아갔다.

이날보탐 가기 전날 밤까장, 낚수꾼은 한 집썩 돔시로 잠을 자고 미역섬을 떠났다. 고 남자가 갈 때 만재도네한테는 목포 가서 전화 할란다고 지달리라고 말했다.

동네 여자덜 여섯이가 갯갓 바굿독 우게서 손을 흔들어 주고, 김사장이라는 낚수꾼은 허간 이빨을 내놓고 웃음시로 모자를 벗어 내둘렀다.

만재도네는 맥 빠진 걸음이로 말 없이 방문을 열고 드러누워부렀다.

낚수꾼이, 자기 생각대로 하자고 집집마다 하루썩 자게 되았는데 요케도 허망할 수가 없었다.

「내 팔자에 먼 남자복이 있다고… 요놈도 5년 전 뱃놈하고 똑같제, 전화 하먼 뭐 하까 가분 뒤로사? 인자 꿈도 꾸지 말어야제!」 하고 이불을 덮어 써부렀다.

아적나잘 지 자다가 누웠다가 함시로 맘 고상을 하고 낭께 몸이 안 좋을락했다.

찬바람을 잔 쐴라고 문을 열어 놓았다. 앞섬 맹골 본도와의 사이 물길이 새차게 흘러내리는 중썰물이었다.

이곳 미역섬을 차단시키는 거센 흐름이, 만재도네한테 남정네는 꿈도 꾸지 마라는 상 싶었다. 그녀의 눈에서 참었던 눈물이 쏟아졌다. 외로움과 절망의 피같은 눈물이었다. 고때 전화가 울렸다.

"목포 도착했습니다. 허허!"

"예-"

"아주머니, 제가 고향은 홍도인데 어장 해서 돈을 좀 벌어 서울로 이사를 했었지요. 촌 여자는 서울 가서 교통사고를 당했고, 저는 고향에 내려가 두어 달 쉬고 있었습니다."

"예-"

만재도네 귀에는 필요 없는 말이라 심 없이 대답만 함시로 뚜껀 손부닥이로 눈물을 딲고 있었다.

"그때 아주머니 소문을 듣고 일부러 찾아갔었어요!"

"어디를 찾어가라?"

"미역섬, 5년 전에 말입니다!"

"머이라고라?"

"무슨 일이 생겨 약속을 못 지켰습니다만 이번에는 꼭 지킬께요. 이달 말께 다시 가겠습니다."

그녀는 말을 못 하고 있었다.

"가서 오래 살고 싶고, 돌아올 때 원하신다면 함께 서울로 오셔도 됩니다."

수화기를 내려놓은 그녀는 크게 소리 내어 울기 시작했다.

동네 여팬네덜이 위로 차 방문을 열자 만재도네는 달려 나가 그녀들의 품에 앵켜 엉엉 울었다.

흑산도네가 등짝을 맨침시로 입을 열었다.

"미안하네. 그라제마는 우덜이 서로 외로운 심이로 살어가는 것 아닌가?"

만재도네는 고개를 끄덕임시로 계속 울었다.
"그라지라. 그란데 그 사람, 이달 말께 또 온닥 합니다!"
"머시랑가?."
"머이라고?"
"예"

썰물 내래가는 소리, 바람소리, 파도소리가 웃음소리 같은 그녀의 울음소리하고 섞여 미역섬의 물살을 타고 너룬 바다로 흘러가고 있었다. 다섯 여팬네덜의 질투로 돌변한 독새눈덜을 뒤로 자치고 흘러간다.

<끝>

[쇠비땅]

　부숭에 올라앉어서 몽땅빗지락을 돌림시로 보리를 볶는 함마니는 불 때는 손녀를 내래다 봄시로 말했다.
　"보리를 빌 때보탐 날이 곡캐도 좋았겄냐. 우리 보리 다 치고 낭께사 비가 오는 것 봐라!"
　오늘 만치로 바람 없이 비가 오는 날에는 기뚝에 연기가 하늘로 안 올라가고 허-ㄱ하게 마당에 깔린다. 보릿대 타는 소리하고 보리 볶아지는 소리가 읍장날 땍땍이 야발 까는 것 같다. 구수한 냄사가 집 안에 한나 찼다. 비는 맞고 걸어댕기기에는 너머 많고 작은 집이로 간다 치라먼 맞어볼 만하게 내리고 있었다. 어저께 내리던 짝달비는 폴새 게고 쪼깐 있으먼 비가 끄칠랑가도 모루겄다.
　함마니는 쇠비땅을 쥐고 앉어서 불을 때는 장가를 봤다.
　「저 가시나가 꼭 지-미를 탁했구나」고 생각하고 나서 입을 열었다.
　"악아! 느그 엄매는 막차로 온닥 했지야?"
　"광주에서 일곱 시 반인께 열 시 넘어사 도착하겄오"
　손녀는 불을 딜애다봄시로 대답했다.
　"그락 것이다. 촌에서 살다 광주로 가는 사람덜은 이상 팬학 것이다마는 새끼덜 잘 갈채야제, 참! 느그 하랍씨 지사라고 모도 내래오먼 줄라고 쌀구도 잔 놔뒀어야."

"함마니!"

장가는 고개를 들고 빵싯 웃고 나서 불렀다.

"왜야?"

함마니는 작은 손녀가 살짝 웃고 나서 말하는 것조차 에미를 탁했다고 생각했다.

"엄매는 씨집 왔을 때 엄마나 이뺐당가?"

"뜽금 없이 먼 소리냐? 꾸끔시런 것을 다 물어본다. 끄라 - ㅁ 이뺐지야. 오랫들 사람들은 극케 이뻔 각씨를 처 - ㅁ 봤다고들 했응께"

"그란데 지금은 주름살이 이상 생겼어라"

"그락 것이다. 사람이 낫살 먹으면 다 그라제 어짠디야. 느그 엄매 주름살도 이 정재 안에서 생긴 것이란다. 나도 그랬고."

손녀는 부삭 속의 불빛으로 토마토같이 뻘가게 되야갖고 물었다.

"정재 안에서랑가?"

"끄라암, 여자덜은 신한 정재꾼이 되어사 써. 씨집 오면 여가 지 방인께, 니가 들고 있는 그 비땅 말이다. 전에는 쇠비땅은 안 쓰고 모도 나무 비땅을 썼단다. 여자란 것은 그 비땅같이 지 몸뚱아리사 타서 꼬실라지던 쪼게지던 지 할 일을 해사 쓰고, 생견 부삭 옆에 있다가 일이 있으면 으레껏 금방 서둘러사 되대끼 지 자리를 지켜사 쓴단다. 그 비땅이 불을 때중께 식구덜 따순 밥 먹고, 방도 따땃하고, 시방같이 보리도 안 볶냐? 그라지마는 누가 비땅 잘한다고 말이나 하던? 무겁다, 가눌다, 빨리 타 닳아진다고 욕이나 하제!"

함마니는 말을 계속하고 장가는 쪼구리고 앉아서 자주 고개를 든다.

"비 올라고 샛바람이 불면 불이 낸께 움시로 불을 때고, 그것도 장작이

나 달매고 엽송, 철나무나 땐다면 좋윽 것이다마는 잘 안 타는 물거리 나무, 보릿대, 서숙대, 씨싯대, 한굿 신다마는 미영대, 콩깍지, 뚱컬나무, 하다못해 마당에 짚검불까지 좋던 어멓던 다 때야지야. 잘 안 타면 쥐딩이를 디더라도 데고 불어사 타고, 서런 일 없어도 울어사 하고, 불 땔라면 당글게로 재 퍼내고, 고랫재도 긁어내어 거렁지로 담어서 헛간에다 비고, 정재바닥 안 미끄럽게 물조심해사 되고, 사랑에 그럭 안 깨고 깨끗하게 닦아서 몰래야 쓰제. 그람시로도 여자란 것은 머-ㅅ 보담도 임석 맛있게 맹길아사 쓰고, 밥에 독 안 들어가게 조리로 잘 일건지고, 밥상에 멀크락 안 떨어졌는가 돌아보고 상을 올려사 하는 것이여. 너도 쪼깐 있다가 씨집 가면 마찬가지여야. 그때까지 내가 살랑가 모르겄다마는…"

함마니는 잠깐 손을 쉬고 손녀를 내래다 봤다. 영숙이는 함마니가 오래 오래 살으셔야 된다고 말함시로 불 속에 있을 안 탄 보릿대를 비땅으로 뒤직엤다. 불길은 갑자기 붉아졌다.

"말씀 계속 하시쇼."

"오냐 그라마. 내가 느그 엄매한테 씨집사리를 잔 시킨 성 부르다마는 느검매 밉다고 그랬겄냐? 여자가 이정시럽지 못하면 집안에 땟국물이 낑께 그라제. 인자 느그 엄매는 나무랄 데가 없어야. 지 속이로는 고상도 많이 했을 것이다. 먼 친척들한테까지도 잘 하제. 큰 일 있을 때마다 몸살 나게 서둘고, 농사일 다 하고, 집안 깨깟이 하고, 빨래 칼칼하니 다 듬고 여그서 또 머-시 더 있겄냐. 참말로 고상했제. 저실 낮에도 봐라마는 부수막은 늘 따땃항께 어런덜한테 넙턱지 시럽단 말 한 번 안 나왔제 어쨌디야. 느그 하랍씨가 그래서 자랑해쌌코 나한테 매누리 혹태린다고 모퉁이 했제마는 나도 속이로는 엄마나 생각했다고!

그래도 이따 오먼 한 소리 해사 쓰겄다. 니 꼴새가 그것이 머시냐? 아그덜 공부도 좋제마는 몸이 실해사 쓰는데 아야, 꼭 보릿대 안 같냐? 살

잔 쩌라! 그라고 한 소리 또 한다마는 너 잘 들어둬라. 여자는 비땅이여! 잘 먹어사 비땅 노릇도 잘하제!"

영숙이는 손을 내래놓고 함마니를 초아다봤다. 어둑어둑한 속에서도 머리는 허-ㄱ 하다. 지금까지 함마니가 촌시럽다고 믿어오던 것을 죄송스럽게 생각하는 손녀는 엄매와 매한가지로 함마니가 이 정재 안에서 씨집사리를 했던 젊은 시절보탐, 자신을 희생하는 훌륭한 비땅이셨음을 느낄 수 있었다. 그라자 문득 떠오르는 것이 있었다.

「쇠비땅, 그라다. 나무비땅의 행세를 다 함시로도 타서 없어지지 않는 것이 이 쇠비땅이다!」

그녀는 이쁜 눈을 빤짝임시로 불렀다.

"함마니!"

"어째 그라냐, 악아!"

"비땅에다 쇠를 끼어놓께 오래 오래 쓰지라?"

"먼 말을 할라고 그라냐?"

함마니는 또 손을 쉬고 목을 질-게 내랬다.

"무조건 지 몸뚱아리를 태우는 것보담도 머리를 쓰먼 요록케 좋은 것이 된다는 말이지라."

"으-ㅁ 먼 말인지 알겄다. 비땅이 되야라 항께 한술 더 떠서 쇠비땅이 되야라 그말이지야? 으-ㅁ 너도 이상 쏳한 소리를 한다? 사람이 배우먼 틀래진닥 하더니 언세끼 그런 소리를 하넌?"

"그래, 함마니!"

함마니하고 장가는 서로 봄시로 웃고 나서 말했다.

"우덜 웃는 속을 놈들이 알겄오, 함마니?"

"그랑께 말이다!"

보리가 거진 볶아진 성 부르다. 솥 안이 죄용한 것이. 〈끝〉

부러진 빼딱

 아부지 때보탐 아들까장 내리질러 웬수지간이던 양쪽 집안이, 이가 좋아져 서로 낫낫하게 된 지 보 석달에 가찹다. 부러진 빼딱이, 지대로만 잇어지먼 생빼딱보담 더 단단해지대끼 시방 두 집안이 고케 야물어지고 있는 택이었다. 첨에는 서로 말 걸기도 어둔하고 웃음도 지구다나 맹기는 것이 역력했는데, 달포 전 동네 전빵에서 두 사람이 엄마나 크게 웃어쌈시로 술을 마시던지 보는 사람덜이 모도덜 좋아했었다.
 "어야, 저 고집쟁이덜이 먼 일이랑가? 삼십 년을 서로 개 원생이 보대끼 하던이 저케도 좋아라 웃어싸까!"
 "그랑께 말이요. 그랑께 참말로 오랜만에 우리 동네 경사제 어째라."
 큰놈네 아배 이종구하고 장가네 아배 김맹수는, 서로 물팍에 난 곰발이 아물어 딱지가 떨어진 기분이었다.

 실지로 두 사람은 애릴 때 곰발짓거리를 많이 했는데 유득 물팍 우알로 성할 때가 없었다. 모구가 문 데를 더런 손이로 긁어댕께 생긴 곰발에서보탐 거그를 긁다가 옆에를 또 긁어쌓께 새로 번지기도 하고, 먼 데만 보고 달리다가 엎푸러져 생긴 것덜이었다. 고약이 귀하던 때라, 둘이 다 산에서 송진을 따다가 녹예서 창오지 쪼각에 납작하게 눌러갖고 아 픈 데다 붙여논다 치라면 매칠이 지나면 딱지가 졌었다. 물론 자고 나면 소캐로 송진을 딱아내고 화룻불에 다시 녹예서 따땃할 때 곰발우게다 부친다. 이전보탐 하랍씨덜도 요런 말로 송진을 설명하셨다. 꿩이, 다리 가 뿌러지면 지가 송진을 물어 뜯어. 걱다가 둥실하게 볼라서 낫게 했다 는 것이다. 평균네 함씨는 두 아그덜 물팍을 봄시로 늘 요케 말했었다.

"어짜먼 느그덜은 느그 아배덜 클 때하고 똑같이 고케도 물팍에다 송 진을 붙이고 사넌? 납부닥에 돈버짐이 생기는 것도 똑 같은데 둘 다 동 전 낄인 물을 거그다가 볼르지야? 느그 아배덜도 그랬니라."

요케 살던 두 집안에 큰 쌈이 생겼다. 쌈은 양쪽 부자지간에 넌이가 벌린 패쌈이었다. 이성문씨가 아들 종구하고 둘이 웃골 보리밭에 합수 를 내로 갔는데, 김용원씨도 아들 맹수를 댁고 합수 내는 바로 옆밭이로 거름을 하로 갔었다. 한 쪽은 소매장군에 든 합수를 소매 쪾박에 따라갖 고 엎져서 한 줄로 질게 찍딜고 한 쪽은 헛간에 있는 거름을 바작에 져 다가 헛치고 있었다. 늦가실 하누바람이 탱탱 불어댕께 퇴비 속에 있는 덜 썩은 쌀재나 느무께, 보릿재가 날려서, 옆 밭에서 땀 흘리는 성문씨 납부닥에 달라 붙어 쌌다. 그라다가 눈에 까시락이 들어가 눈을 못 뜨고 걸걸해 죽겄다고 항께, 아들 종구가 아부지 눈에서 티를 빼디릴라고 해 도 손이 더러, 함씨가 하시대끼 샛부닥을 쭈욱 빼갖고 아부지 눈 속을 훌텄다.

밭은 깍지고 바람은 불어대낑께, 딸싹 큰 아들이 키가 쫘달막한 아부 지의 머리를 잡고 해사 편하지마는 소매 푸던 양손을 만세 부르대끼 올리고, 진 두 다리를 오구당당해갖고 샛부닥을 내밀고 애를 쓰고 있었다. 티를 낼라면 눈을 까갖고 해사 되는데 기양 함께 쉰 일이 아니었다.

거름을 내던 맹수네 부자는 옆밭 부자를 보고는 일손을 쉬고 웃음시로 구경을 하고 서 있었다. 그란데 쪼깐 있응께 요술을 부리대끼 하던 둘이가 보듬고 자빠라져 부는 것이었다. 그라던이 한 바꾸를 굴르고는 뽈딱 일어나서, 서로 몸에 합수가 안 묻었는가 확인한 뒤에사 서로를 봄시로 크게 웃고 있었다. 그것은 큰일 날 뻔했다는 웃음이제 웃을 일이 못되았다.

구경하던 맹수네 부자가 옆밭이로 걸어가 넌이가 한꾼에 웃었다. 민소리 잘하는 맹수가 몬야 입을 열었다.

"종구여, 첨보탐 다시 한번 해볼래? 어찌께 웃었던지 내 배창시가 깡깡해져갖고 안 풀어지고 있다 시방.

나는, 둘이 서서 먼 요술을 부리는가 그랬다."

종구는 성질이 나서 이빨을 악물었다. 즈그덜 땜시 그랬는데 미안해 하기 캥이는 사람을 놀리는 꼴이 기양 둘 수 없다고 판단되었다.

그래도 암마또 안 하고 숨만 쌕쌕거리고 있응께 또 놀린다.

"요케 - "

맹수는 종구가 샛부닥을 내밀고 하대끼 숭내를 냄시로 말했다.

"요케 함시로 눈에서 티를 내 보랑께. 헤헤헤!"

웃음이 다 끄치기도 전에 종구는 맹수한테 달라붙어 허리를 보듬고는 자빠라짐시로 보리밭 골을 서너 줄 굴러부렀다. 보나마나 두 아들덜은 합수 구덕에 빠진 꼴이 되아뿌렀다. 놀래서 보고 있던 아부지덜이 쌈을 말긴다고 달라들었는데, 종구네 아배가 올라 탄 놈 옷을 잡어댕깅께 맹수네 아배도 둘이를 잡어 떨라고 달려왔다.

부러진 빼딱 159

종구네 아배 성문씨는 시방 선이가 붙어서 합수 구덕에서 막 나온 꼴이 되았응께 용원씨를 보고 더런 것 묻응께 오지 말라고 손을 쭉 뻗은 것이 그만 손바닥이로 납부닥을 훌터불게 되았다. 그 순간 용원씨는 성문씨가 그 더런 손이로 이녁 납부닥을 때랬다고 생각하고는 폴을 쭉 뻗어 휘둘러 분 것이 코를 때래서 콧방에를 터부렀다. 그라고 낭께, 니 부자가 서로 홍쿠라져 패쌈을 하게 되았다. 순간 용원씨 이마빡이 터져 피가 흘름시로 쌈이 끝나게 되았다.

요 사건이 삼십년 전에 있었던 두 집안이 서로 놈이 된 시발점이었다. 용원씨는 이마빡에 된장을 붙이고 반침에 앉아서 못 참는 기분을 댐배로 태우고 성문씨는 성문씨대로 즈그 집이서 코피 나오는 콧구멍을 쑥이로 틀어막고 있었다. 두 사람 다 사람이 골병 들게 뚜들어 맞게 되먼 똥물을 먹어사 쉽게 낫는다고 생각을 함시로, 고케까장 안된 것을 내심 다행이로 생각했다. 똥물을 먹을 때는 엉떵에서 굴러 떨어지거나 남구에 올라가다 낼쳐 몸뚱아리가 얼가던가 많이 처맞던가 했을 때 똑같이 그놈이 약이 된다.

쇠주병 구먹을 솔나무 잎삭이로 단단히 틀어막고 통새 합수 구덕 속에 여 놓으먼, 고 뱅 속이로 말-간 물만 들어가 모태진다. 고놈을 마셔사라 골병이 안 든다는 것이다. 그란데 일이 안 풀릴라고, 이마빡에다 된장을 붙이고 있응께 띠얏띠얏 해서 긍게랍 먹은 상을 하고 있을 때 해필 사둔어른이 오셔갖고 체통을 완전히 문티더 부렀다.

"사둔 어른, 어쩨 그라고 지심쟈? 거그를 터부렀습닌쟈?"

요람시로 가찹게 오던이 코를 씰룩씰룩거렸다. 싯쳤어도 냄사가 껀했다.

"요것이 먼 냄새랑가?"

고개를 돌림시로 혼잣말을 하고는 사돈하고 똑같이 긍게랍 먹은 표정을 맹길았다.

이마빡에 된장을 붙인 용원씨는 어짤 줄을 몰랐다.

"그랑께, 저 사둔어른. 지가 콧방에를 터부렀습니다!"

사돈은 뭔 말인지 잘 몰랐다.

"코는 암상토 안 하신데람쟈?"

"시방 쑥이로 틀어막고 있어야 할 것입니다!"

"냄사가, 그랑께 합수 냄사 같은 것이 나먼, 쑥이로 콧구멍을 틀어 막고 입이로 숨을 쉬먼 냄사가 안 나껏입니다. 예"

"그랑가 안 그랑가 가보이쇼. 쑥이로 막어사지라!"

용원씨는 성문씨를 생각함시로 이녁만 그쪽한테 당한 것이 아님을 강조했다. 그러나 사둔어른은 말이 안 통했다.

"그라먼 저는 가볼랍니다. 시방 머리를 다치세서 많이 편찬하시꺼잉께 잔 쉬이시쇼"

하고 나감시로 남재기 말은 샐팍을 나서서 했다.

"어그서보탐은 쑥이로 안 막어도 되겠습니다."

성문씨는 생쑥을 비베서 코를 막어도 피가 안 끄칭께 쑥을 새로 바꿀 때마당 이빨을 오도독 오도독 갈었다. 할뭄이 그 꼴을 보고는 암마또 안 할 수가 없었다.

"피가 안 끄치는 것이, 코빼딱이 얼잤는가도 모르는데, 성한 이빨이나 잘 간수해사제 어째 고케도 이빨을 갈어싸요! 잠시로 듣는 것도 징한데 걸어댕김시로 들을랑께 더 징하네."

"고놈 새끼를 때릴 참인데 어째서 자네가 주먹 앞에서 얼씬거리능가?"

할뭄은 뭔 소린지 알어먹고 말을 바꿨다.

"이마빡을 서너 방 터불제 한 방만 텄오? 당신같이 맘씨도 조으까!"

아배덜은 고 뒤에 20년 넘게 살다가 유언을 냉기고 돌아가실 때까장 서로 담을 쌓고 살았다.

유언은 서로 절대로 저쪽 집하고는 품앗이도 하지 말고 지사 먹으로도 가지 말고 유독 사돈을 맺는 일이 절대로 없도록 하라는 내용이었다. 그라고는 돌아가셨다. 평소 고집 시기로 이름난 사람덜이 쌈을 하고 나서 고집을 부리다가 10여 년 전 한두 해 새로 시상을 떠나신 것이다.

쉰살이 된 맹수나 종구도 요 유언을 잘 지킴시로 살고 있었다. 누가 몬야 고개를 숙이냐는 대결이었다.

작년 맹수네 장가이나가 약혼을 하고 나서였다. 고등학교 2학년 때 학교서 택걸이를 하다가 손이 미끼러 땅에 벌찜시로 허리를 다쳤는데 고 뒤로보탐 허리 땀세 집안 꺽정거리가 되아왔다.

소문을 들으면 혼사가 깨질 것이 뻔했다. 여자가 허리를 못 쓰게 아푸면 무서서 누굼불로 보둠기라도 하겠냐는 것이 부모끼리의 말이었다.

"애럽게 애기를 맹길아도 어찌께 날랑가 모루고, 고런 허리로 애기를 남불로 인자 일어나 앉기도 애럽꺼인데 어짜꺼이라?"

요 솔직한 말이 즈그 엄매 오산네 꺽정이었지마는 남편 맹수는 할 말이 없었다. 그란데 광주서 사는 시등 총각하고 선을 봤는데, 그 총각이 첫눈에 반해갖고 약혼을 했던 것이다. 만일 허리 얘기가 들어가면 큰일이다. 기양 두자는 연락이 올 것은 뻔한 일이었다. 그 집안이 요케 쪼매쪼매할 때였다.

같은 동네 평균네 함씨가 돌아가시기 전에는 함씨가 오만 약은 다 알어갖고, 다른 동네사람덜까지도 찾어와 낫게 해주라고 사정했었다. 그때마다 그 함씨는 잘 갈체주었다. 눈에 다랏이 나면 민중나무 까시로 터라. 또는 애기덜 자지로 다랏을 문터라. 물팍이 시끈거리고 아푸면 항가

꾸 뿌렁구하고 노나무를 댈에 먹어라. 연치먼 지추를 낄인 물에 징계놨다가 그 물이 뻘가게 우러나먼 다 마세사 하는데, 떠런 감을 먹고 연치먼 된장을 먹어라. 어리가 있어서 목아지나 등어리가 히끗히끗 어룽지먼 뱀깨구락지 배를 거그다 비베라. 애기덜이 침을 흘려싸먼 미꾸락지를 구워 맥에사 쓴다. 남정네가 양기가 사그라지먼 찌랭이를 고아 먹으면 좋다. 손발에 얼음이 들먼 노란콩을 물에 담갔다가 찌어서 차두에 담어갖고 대고 있으먼 된다.

하여간에 모루는 약이 없었다. 물어보고 낫은 사람덜이 고맙다고 들고 온 것덜도 만해서 평균이는 애릴 때보탐 끄떡하먼 함씨 덕분에 잘 먹을 때가 허다했다. 보리개떡에서보탐 찐 쌀, 찐 씨시, 개무럿죽, 볶은 보리, 콩이 있고 어뜬 함씨는 눈밥을 갖고 오기도 했다. 그라고 애기를 못 낳는 새각씨한테 지앙마지를 하라고 당골을 소개해주고는 당골한테 떡도 얻어먹고 집을 고치고 나서 아픈 사람이 생기면 정문쟁이를 소개해 동토경을 읽게 하고는 맨태도 얻어먹었다.

그란데 그 함씨가 안 죽는 약은 몰라 돌아가셔불자 사람덜은 순단네 아배 평균이한테 와서 물어보는 일이 간혹 있었다.

"예 아잡씨, 우리 동숭에지섬이 폭각질을 안 끈치고 이틀짜 하고 있는데 뭣이 약이랍닌쟈?"

"우리 시단이가 고등학생인데 오른쪽 눈 밑이로 자꼬 씰룩거려쌌게, 속 없는 남학생덜이 따라댕기다가 즈그덜끼리 쌈을 하고 있소. 어찌께 하먼 되겠소?"

"쟈네 아배가 목구녕이 갠질갠질항게 헛지침을 자꼬 하는데 그저께는 아버니 앞에서 그라다가, 그랑께 아버니 앞에서 더 어린같이 헤헴헤헴

해쌌다가 욕을 디지게 먹었더라. 약이 없으꺼이라?"

요케 배리벨 것을 물어보기도 한다. 서당개 삼 년이라고 간혹 함씨 실력을 전달하다가 요책조책을 보고는 요새는 함씨보담 더 영한 약방이 되았다.

평균이는 맹수네 종구네 두 집안이 한 동네서 삼시로 삼십 년 동안 서로 말도 안 하는데 요런 병까지 고치는 사람이 되고 잡았다. 그라던 차 백동 방죽 밑에 사는 사람이 군대 가서 허리를 다쳐갖고 15년을 고상했는데 읍내서 어뜬 영감을 만나 완전히 낫어부렀다는 얘기를 듣게 되았다. 보기에는 찌적찌적하게 생겼어도, 침은 단방이라 함시로 새끼 똥구먹 우게다 딱 한 방을 맞었는데 3년이 지났어도 내가 언제 그랬냐 한다는 것이다.

"쥔 계심쟈?"

결혼 날짜 정하자는 연락을 받고도 성가시디 성가신 맹수네 집 새꽉에서 큰 소리가 울렸다.

"누가 온 것이어라?"

오산네는 눈이 옥금해짐시로 놀랜 닭같이 서방을 봤다.

"나가보게."

"사둔 될 쪽에서 안 할란다고 연락이 왔으먼 어짜꺼이라?"

"재수없는!"

오산네가 나가봉께 찌적찌적한 노인 한 사람이 찾어왔다.

"어디서 오셨지라?"

"복나라에서 왔오."

"어디서라?"

"복나라락 안 합닌쟈?"

"그런 나라도 있습닌쟈?"

"쥔은 어디 가셨소?"

고 때사 오산네는 안이로 들어갔다.

"뽕나라에서 왔닥 안 하요"

"똥나라?"

"그란 것 같기도 하고. 빨리 나가보쇼!"

"합수 푸라고 그라는가 모루겄네"

맹수는 복나라에서 왔다는 영감 말을 다시 듣고 반침이로 모셨다가 복은 저 혼자 굴러온다는 말을 듣고는 그분을 안방이로 모셨다.

"집안에 곧 경사가 있담시로라?"

영감이 몬야 입을 열었다.

"그란데 먼 복을 갖고 오셨습닌쟈?"

"예, 누가 나한테 부탁을 했는데, 신부 될 큰애기를 꼭 낫게 해줘사 쓰겄닥 합니다."

"누가 그랍딘쟈?"

"누가 그 부탁을 합딘쟈?"

부부가 한꾼에 같은 질문을 했다.

영감은 대답 대신 우선 큰애기를 댁고 오라고 말했다.

"아이고 선상님, 꼭 잔 낫게 해 주이쇼. 소라도 잡겄습니다"

"책임지고 낫게 해디릴라마는 인사는 아까 그 부탁한 사람한테 하이 쇼. 나는 돈까장 다 받었응께라."

"돈까장 받았어라? 웜매 웜매 고케 고만 사람이 요새같은 시상 천지에 어디가 계신답닌쟈? 장가네 아배 안 그라요?"

맹수는 감동을 하니라고 말이 없었다. 그 새에 엄매는 딸을 댁고 왔다.

부러진 빼딱 165

"야요?"

침쟁이 영감이 큰 애기를 올려다봄시로 물어본께 엄매가 대답을 했다.

"여그 앉어라! 맥 잔 보게!"

영감은 맥을 짚고 생각에 잠기더니 앞에 엎지라고 말했다.

그라던이 개아찜에서 침을 내갖고, 옷우게로 양쪽 넙벅지 가운데 빼딱 있는 데를 짚고는 진득하니 침을 씨셨다.

"아~!"

장가는 못 참고 소리를 냈다. 아배는 옆이로 돌아앉고 엄매는 이녁이 더 아픈 대끼 이빨을 악물고 찡그리고 있었다. 침을 뺀 영감은 하루 동안은 손에 찬 물을 묻치지 마라고 주의를 주고는 일어났다.

"모레나 한번 더 옴시다."

서방 각씨는 영감이 새꽉을 나선 뒤에사 아뿔싸! 했다. 집안의 은인이 될, 장가를 고체주라고 사람을 보낸 그 사람이 누군가를 안 물어봤다. 그것도 이녁 돈까지 써 감시로 해줬는데 말이다.

"모래 또 온닥 항께 고때 물어보세."

맹수는 애징간한 것도 놀랜 대끼 말하는 각씨를 안심시켰다.

침쟁이 영감이 두 번짜 찾어간 이틀 뒤에 장가는 허리가 몇 년 만에 첨이로 시언하다고 말했다.

"그라암, 그락 것이여. 그래도 서운항께 한방만 더 맞어불더라고. 원래 나는 한방에 끝내. 침은 한 방에 낫어야제, 여러 방 맞으면 씨실 때 아푼 것만 손해여."

요케 해서 그저께 모냥 엎져서 새끼 똥구멍 자리에 침을 한 방 더 놓아준 영감은 그것을 개아찜에 담고 손을 싹싹 비볐다.

"인자 허리는 함씨 되아서나 아푸까, 아무 탈이 없으꺼잉께 하고 잡은 것은 다 해도 되아."

그때 즈그 엄매가 옆에서 입을 열었다.

"선상님, 그란데 선상님을 우리 집이로 보내주신 그분이 누구랍닌쟈?"

"예, 누굽닌쟈?"

서방도 거둘었다. 영감은 잠깐 말이 없던이 고개를 살짝 틈시로 대답했다.

"그 사람 부탁이 두 가진데, 한 가지는 어짜던지 낼 모래 시집갈 그 큰애기 허리를 낫게 해주십사 하는 것이고, 또 남재기 한나는 절대로 내가 누군지 말하지 말어주라는 것이었소."

"허허참, 뫼한 사람도 다 있오. 요케 큰 일 함시로 이름을 꼼치다니 그런 사람이 어디 있겠습닌쟈?"

"으따 오메 그랑께라, 암만 그래도 선상님 살짝 귀띔이라도 해주이소."

내외는 물꽉을 댕김시로 갈채주라고 보챘다.

"그라먼!"

영감이 하는 수 없이 말했다.

"나는 약속을 우리 아부지 지샀날같이 지키는 사람인께, 그 사람하고 약속을 안 지킬 수가 없고 당신들이 은혜를 갚는다는, 고-만 맘씨를 봉께 안 갈쳐줄 수도 없소. 소를 잡던 닭을 잡던 인사는 당신들 알어서 할 것이고, 나는 약속 땜시 그라는데 요케 하면 어짜겄소?"

영감은 설명을 했다. 말을 안 한닥 했응께 글자로 써서 뵈준다는 것이었다. 그라고는 백짝구석에 가서 이름을 쓴 종우를 접어 갖고 왔다.

"여가 그 사람 이름이 적어졌는데, 내가 옆에 있으면 또 말을 하게 됭께 약속 땜시 나는 시방 나갈라. 그라먼 당신 내외가 이 종우를 앞에 놓고 절을 하던 기도를 하던 하고 나서 펴 보쇼. 그렇게 할라?"

내외는 두 손을 높이 처듬시로 환영을 했다.

"우리 저 가이나 씨집을 가게 해줬는데, 그것도 이녁 돈 딜에서 해 주셨는데 절이 문제것습닌쟈? 할랍니다!"

요 말을 듣고 종우를 준 영감은 새팍을 나서 어디론가 바쁘게 걸어갔다.

"장가야-! 이리 온나."

"장가여! 이리 와 봐."

서방 각시 목소리가 집을 뜯었다.

장가가 큰방이로 들어가봉께 엄매 아배가 나란이 서 있음시로 말했다.

"이리 와. 우덜 옆에 서서 저 종우를 보고 선이 똑같이 절을 해사 쓴다."

"종우 보고 절을 해랑가?"

"저 종우 속에 멋이 있는지나 아넌? 너를 낳게 해주신 그분 이름이 써져 있어야. 절대로 이녁 한 일을 말하지 말락 했응께 아까 그 선상님이 적어서, 그분 이름을 적어서 갈쳐주는 것이다. 고-만 고 사람한테 우선 절을 하자! 우선 절을 하기로 약속했어야."

딸은 먼 말인지 알어먹고는 얼릉 대답을 했다.

"저분이 누구신지, 약혼한 그 사람이먼 엄마나 나는 행복까?"

"아야, 부난 빠진 소리 하지 말고 자, 절 시작!"

오산네 짱짱한 목소리가 울림과 동시에 서방 각씨 딸 선이는 그 종우 쪼각을 앞에 놓고 얌잔하게 절을 했다.

"감사합니다! 참말로 감사합니다! 우리 집안에 은인이 되아주신 선상님, 아니 아짐이 될지도 모르지마는 참말로 감사합니다! 악아. 장가야! 어서 그 종우를 펴보고 거그 써진 이름을 크게 외아 봐라."

설치는 각시 땜시 말할 시간을 못 갖는 서방도 한 소리 했다.

"어서 커닥시럽게 읽어봐라!"

딸은 보드랍게 허리를 굽혀 종우 쪼각을 줏어서 그 허리를 꼿꼿하게 시어갖고 목소리를 높였다.

"이종구 - !"

"카만! 시방 누구락 했지야?"

이름 소리에다 대고도 반절을 또 할락 하던 맹수는 종우를 뺏어서 확인을 했다. 분명 이종구라고 써 있었다.

"어야 장가네 엄매! 이종구라고 혹시 아는 사람 있는가?"

"저 웬수네 말고는 없지라."

시 사람이 아무리 찾어봐도 큰놈네 아배 이종구 말고는 알 만한 사람이 없었다.

"어야 - !"

오산네는 대답 대신 서방을 밀가니 쳐다봤다.

"그 선상님 전화번호 받았제? 빨리 그 집이로 전화해서 어뜬 이종구인가를 물어보게. 빨리!"

아부지하고 딸은 오산네 통화소리를 듣고 서 있었다.

"선상님 어디 가셨습니쟈? 여그는 맹수씨 집입니다. 금방 여그서 나가셨습니다. 예? 어디어디 댕겨오신닥 했어라? 예 같은 동네 이종 - ."

선이 다 서로 쳐다만 보고 있었다.

침쟁이 영감은 이종구 집에 앉어 있었다.

"인자 폴목 시린 것은 싹 낫어부렀오. 아짐씨 폴목은 하눌님이 낫게 해주셨오. 내가 선몽을 받었는디 꿈에 봤던 그 집하고 아짐씨하고 한나도 안 틀리요. 모도 똑 같으요. 참말로 요상한 일도 다 있구만이라."

"나는 교회도 안 댕기는데 어찌 고런 선몽이 내려졌으꺼이라?"

각씨는 서방하고 침쟁이 영감을 돌아봄시로 말했다.

"꿈에 어뜬 백발노인이 나와서, 아무 동네 아무개네 집이 가서 그 아짐씨 폴목을 낫게 해줘사 쓴다. 요라시더랑께라!"

"그라고라!"

"그라고는 참 요 말을 하든고. 열흘 안이로 오기 심든 동네 사람이 찾어오먼, 먼 말을 하든지간에 〈먼 고까중 것 갖고 그라요〉 요라락 합디다. 그래사제 딴 소리 했다가는 폴목을 못 쓰게 맹긴닥 합디다."

"오메, 폴목을 못 쓰게라?"

"예."

"그란데 누구까? 누가 오까?"

"하여간 누가 오등 간에 손님이 오시면 고 말만 하이쇼 -"

"예 알았습니다. 그러나 저러나 선몽 받고 요케 찾어주싱께 하늘님 심바람꾼 아닙닌쟈? 참말로 감사합니다. 참말로."

요케 해서 삼십년 말을 안 하고 웬수같이 지내던 이종구네하고 김맹수네가, 뿐어진 빼딱이 다시 잇어지대끼 고케 단단해졌다.

고 뒤로는 요 동네서 침쟁이 영감을 본 사람이 없었다.

〈끝〉

[살무새]

 이른 두 살이나 퍼먹은 남밧네가 먼 귀신이 달라 붙어서 농약을 들어 마셨는지 모른다고들 시붕거리지마는 즈그 작은 아들 말고는 그 속내를 아는 이가 참말로 암도 없다.
 일곱단네 아배가 논보리를 감시로 곰배를 빌릴라고 그 집으로 들어 갔다가 보고는, 뻔개같이 들체 업고 병원이로 뛰어가서 죽음은 면한 것이다. 목숨을 건지기는 했제마는 암말도 못하고 숨만 할딱거리고 있는 엄매를 작은 아는 폴새 죽어분 사람 취급을 했었다. 남밧네는 그 정신에도 아들만은 알어 보는지 가가 입원실로 들어서기만 하먼 귀신같은 꼬락산이로 귀신같은 웃음을 베줄라고 해 쌌다.
 「먼 소린지 알었응께 맘 놓고 숨이나 거두라」는 듯 오눌 하루면 치료비가 엄마 올라 간다는 생각을 하고, 이 생각이 곧 엄매생각이라고 아들은 알어맞췄다.
 닷새 전날 밤, 매누리가 새끼덜 댁고 친정에 지사 지내로 가고 없는 새에 모자 간에는 조용한 속말이 오가고 있었다. 엄매는 자기의 과거지사보탐 들맥이기 시작했다.

"작은 아야! 나는 내가 엄마 못 산다는 것을 알고 있다. 아매도 잘 하면 두어 달 삭 것이다마는 그 남둥이라도 더 살고 잡은 생각이사 어째 없겄냐. 잘 들어라!"

확실한 것은 잘은 몰라도 쓸개에서 간이로 가는 좁짱한 구멍에 먼 요사군지 째간한 도팍이 있는데 그놈이 구멍을 막아불면 눈구멍까지 누렇게 되고 금방 나자빠지는 통증이 그래서 온다고 했다. 그 요사구를 암시로도 인자 너머 늙어서 수술도 못한다는 말도 간호원한테 들어서 안 지가 오래다. 이 병기가 두 번만 도지면 틀림없이 죽을 것이라고 믿고 있는 엄매는 옆이로 눈 채로 말을 계속 했었다.

"내가 큰애기 때까지 큰집 일이나 해줌시로 살다가 어뜬 집 씨받이로 씨집을 갔고, 눈구먹이 뱀같이 생겼다고 금방 쩻게나서 혼자 집도 절도 없이 돌아댕기다가 노무집 소매도 퍼주고, 들일도 하고, 담살이 노릇도 하고 댕겼는데 나한테는 꼭 하나님같은 느그 아배를 만났제 어쨌디야."

작은 아는 담배를 물고 오만상을 찡그렸다.

"먼 그런 씻나락 까먹는 소리를 하요!"

아들은 <귀신 씻나락>에서 귀신을 없앴는데 누워 있는 엄매가 꼭 서럽게 우는 귀신같응께 그란 것이다. 엄매 말소리가 계속되었다.

"똥구멍 째지게 가난하다가 느가배 만난 뒤로는 노무 집 일하던 열 배로 심을 내어 죽고 살고 일을 했단다. 지금 요케 살림이 불어난 것은 내 손뿌닥이 판자쪽같이 단단해지고 손등이 솔껍질 되야각고 독새같이 살아온 덕분이란다. 갈포래죽, 톳밥, 무릇죽, 서숙밥, 보릿가루죽, 깡냉이가루, 보리개떡, 시상에 있는 험한 것은 안 먹은 것이 없고, 씨집 와서 15년간은 해마다 껏보리숭년이로 알고 살었는데 그람시로도 느그 성하고 너하고는 웃밥을 떠 맥였었다. 그것은 너도 알지야? 내가 어짠 줄 아냐? 모실에 갔다가도 오줌이 매라면 집이로 달려와서 쌌단다. 그것이 거름잉께 그란 것이란다."

작은 아들은 엄매 말씀이 귀신 씻나락 까먹는 소리가 아니라, 지금보다도 지독하게 살아사 된다는 것을 크게 깨득해주는 좋은 말씀이라고 아까 생각을 금방 고쳤다.

"씨집 와서 봉께 우리는 고조하랍씨 저 우게서보탐 가난했닫 하더라마는 인자는 살 만해졌다. 그란데 내 아깐 보쌀아! 너도 솔찬히 독하지마는 당 당 멀었어야. 내가 죽은 담에는 눈 딱 감고 노무 것을 뺏어오고 긁어 모태라. 하루에 한 번썩은 악을 쓰고 열흘에 한 번썩은 쌈을 해사 된다. 그라고 옆엣놈을 나쁜놈이라고 물고 늘어져야 니가 그놈덜을 딛고 올라갉께 그것을 잊어불지 마라."

작은 아들은 엄매가 말 안 해도 된다고 큰 소리 칠 수 있는가를 가만히 짚어보고 있다가 힘 있게 불렀다.

"엄매! 내가 엄마나 악질인 줄 아능가? 낫살 많은 놈이고 높은 놈이고 가시나고 하랍씨고 나한테 손해 되면 잡어 먹것다고 대등께 나를 이길 사람이 없오."

"오냐. 알었다마는 그보담 열 배가 넘어사 쓴다. 인자 설흔 살이 됭께 쪼깐 있으면 억지를 써서라도 행세깨나 해사 되는데 어뜬 놈한테도 지면 되겠냐? 나는 죽어서도 니가 극케 하는가를 지켜볼란다. 너는 큰 사람이 되아사 쓴다. 생각 같으면 내가 지금 죽어서라도 내 속에 있는 독을, 독새 독보담 더 징한 내 독을 너한테 주고잡다."

요런 속말을 닷새 전에 했었는데 다음 날 뜽금 없이 농약을 활명수 먹대끼 마셔분 것이다. 다행인지 안 다행인지 일곱단네 아배가 살래주었던 사건을 듣고 처음에는 깜짝 놀랬지마는 카만이 생각해봉께 이 자살미수사건은 독새같이 살아온 엄매가 독새같은 맘을 먹고 자기한테 그 독을 전해 준 것이 이러트면 농약을 마신 일이었다.

살무새 173

"우리 엄매같이 독학까? 나는 거그다 대먼 뿌사리 넙턱지에 붙은 포리여!"

그람시로 먼 속인지는 몰라도 아금니를 오도독! 하고 갈아봤다.

농약을 마신 지 이래가 되었다. 작은아가 엄매의 병실로 들어갈락 할 때 간호원은 닝게루 뱅을 바꿔 달아매주고 나오는 참이었다.

"아저씨, 아무도 안 계싱께 방에 잔 있으쇼-."

하고 부탁함시로 한번 돌아다보고 가부렀다. 그는 대꾸도 안 하고 방이로 들어갔다. 엄매는 아들을 보자, 「너만 믿는다」는 대끼 갱기시롬하게 떠진 눈이로 웃음을 맹길더니 다시 감았다가 또 고 만큼 뜨고는 고개를 끄덕여 보였다. 그것은 「우리가 생사를 걸고 집안을 한번 켜보자」는 다짐 같았다. 아들은 서서 엄매를 내래다봤다.

"엄매! 암만 그란다고 농약을 마셨능가? 극케 독한 사람이 또 있겄능가? 내 걱정은 하지 마랑께라. 나도 독새요. 아니, 독새보담 더 징한 살무새요. 내가 엄매 속을 알고 있응께 고렇게 해 디릴라네."

이 말을 알아 들었는지 엄매는 힘들어 웃음시로 한 손을 까딱거렸다. 니 말을 믿을랑께 약속하자는 뜻인 성 불렀다. 아들은 그 손을 한번 꼭 쥐고는 도독놈같이 가만이 일어나더니 닝게루뱅을 돌아다 보았다.

맑은 나이롱 호스를 타고 약물이 한 방울 한 방울 떨어지고 있었다. 조절하는 데만 깍 눌러불먼 약은 안내래 각 것이다. 아들은 다시 엄매를 봄시로 옆걸음질쳐서 질게 내래진 호스를 더듬었다.

그라고는 까딱 안 하고 서 있더니 아금니를 뿌사지게 물고는 더듬던 손에 진득이 힘을 주었다. 방울로 떨어지던 약물이 뚝 끊어지자 호스에 체졌던 약물이 차차 밑이로 내려가는 것이 뵈었다.

엄매는 아들의 동작을 빤히 올래다봄시로 만족시럽게 웃고 있었다. "아! 우리 집안은 인자 잘 될 것이다."라고 소리 지르고 잡을 것이라고 믿음시로 아들은 한참을 그대로 서 있었다. 약물은 싹 없어졌다. 엄매는 얼굴 한나 안 변하고 그대로 웃음시로 눈을 감고 있었다.

 아들은 정신을 채리고 방문을 잠겄다. 그라고는 문에 귀를 대고 누가 오능가 발소리를 조심함시로 속이로 윗소리를 했다.

 "나는 살무새다! 먼 일이 있어도 성공한다. 우리 엄매 원이 바로 그것이다!"

 그때 늑대같이 니린 발소리가 디켰다. 그 소리는 대고 대고 커짐시로 방문앞이로 뽀짝 뽀짝 가까워지고 있었다.

 작은 아들이 이마빡에 송굴송굴 난 땀을 손바닥이로 문태불고 호스에 다시 손을 댔을 때 그 발소리는 방문에 옷이 닿게 스치고 지나가부렀다.

 "살무새한테 이길 놈은 암도 없다!"
하고 아들이 말한 것은 그 발소리가 아직 남아 있을 때였다.

〈끝〉

<진도 방언 수필>
서촌 간재미

요새같이 아그덜 주정벌이 할 것이 많지 않던 이전에는, 짐성덜이 사람보고
"느그덜이나 우덜이나 거가 거그 아니냐?"고 다구칠 시상도 있었다.
1949년 여름 내가 다섯 살 때, 영도다리 끄떡거리던 부산에서는 아이스께끼라는 것을 아·어른 할 것 없이 쪽쪽 뽈아먹고들 댕겼다. 고 때 대신동엔가 미군이 주둔해 있었는데 납부닥을 먹칠한 껌둥이 군인덜이 큰 차를 몰고 댕김시로 껌을 아작아작 씹는 꼴을 보고는 고것이 엄마나 맛있는 것인가 궁금증이 커 있었다. 1960년대만 해도 목포에서 얼음과 자에다 폴고물을 섞은 앙꼬 아이스께끼라는 특미가 밤거리에서도 솔찬히 폴렸다.
요때 즉 '60년 이전까지 농촌에서 아그덜이 먹던 것덜을 말해본다 치라먼 아매 요새 아그덜은 먼 말이 먼 말인지 모를 성 싶다.

6·25사변이 터져 경남도청에 근무하시던 아버지를 따라 진도에 돌아온 나는 동네 아그덜 하고 한꾼에 산이고 들이고 쏘아댕김시로 지냈다.

산짐성, 들짐성, 산새, 들새덜이 먹는 것덜을 뺏어먹고 댕겼다.

남구나 풀 열매로는 감, 밤, 사과, 대추, 복숭 등 보통 과실 말고도 오동, 팽, 목고실, 사꾸라, 오두, 맹감, 달맹, 새삼불, 도토리, 상수리, 보리똑, 일년감, 미영밭 다래, 줄외, 까루, 술, 애감조새, 꿩밥, 삐둘기밥, 수리딸, 중딸 뿐 아니라 속에 털 같은 까시가 협박 들어있는 까시남구 열매도 따 먹었다.

또 보드란 풀이나 나뭇가지 새순으로는 아까시아순, 솔나무순, 칡순, 꿩밥순, 찔구, 배추동, 갓동, 술나무순을 뱃겨먹고 논두렁, 밭두렁에서 삐비를 뽑아 학교에 갖고 가서 먹었다. 그라고 보리 새순을 뽑아 달그작작한 부분을 조근다려 보기도 했다.

꽃으로는 진달래꽃, 아까시아꽃, 찔구꽃, 골단초꽃을 따먹고 감똑을 주서 먹었으며 동백꽃 똥구멍에서 단물을 뽈아 먹었다.

또한 멧돼지같이 땅을 뒤직여 북감자(자연생), 배추등걸, 대롱게, 닭발, 잔다꾸, 칡, 나새뿌리, 띠뿌리를 캐 먹었다. 나무껍질로는 송쿠라고 하는 솔나무 속껍질과 코나무 껍질도 뱃겨 먹었다.

초근목피로 연명해서가 아니라 평상 때 군입치리 할 먹거리가 별로 없어 그란 성 부르다. 그래서 찐쌀은 물론 생쌀을 개아찜에 담고 댕김시로 생식하듯 씹어먹는 아그덜이 국민학생 뿐 아니고 중학생도 협씬 되아, 이전에는 소 만썩한 놈덜이 꺼—만 썩은 이빨을 내놓고 웃는 이가 솔찬히 되았다.

지끔 생각하면 참말로 우수운 일도 있었다. 보리 깸부기라고 시껌한 보리만 골라 뽑아먹기도 하고 함쟁이 얼굴에 함도 칠했는데 알고 봉께 요것은 병들어 썩은 놈덜이었다. 물론 보리가 막 익을 참에 불을 피어 통째 구워서 양손으로 비빈 다음 껍질은 후후 불고 씹어먹는 보리통굼은 진짜 맛이 있었다.

요로케 아그덜이 산과 들을 쏘아댕김시로 즈그덜 알어서 짐성덜같이 뒤져먹을 때 어런덜은 새끼덜 생각해서 보리개떡, 깡냉이, 감자, 하지감자, 쉬시나 찰나락을 밥 우게 쪄주기도 했다. 어뜬 집은 개무릇죽 또는 칡떡을 맹길았는데 집집마다 엄매덜은 보리눈밥이라도 긁어 놨다가
"아나, 이것 먹을래?"
함시로 내미는 사람은 한국의 농촌 어디서나 매한가지였을 것이다.

6·25 후에 우윳가루가 미국에서 헙씬 들어오더니 낭중에는 깡냉이가루가 쏟아졌다. 아매도 요런 우윳가루, 깡냉이 가루나 구호물자 옷가지가 있어 밑바닥 다굼질 되았기 땜세 예배당, 성당이 요새 같이 번창해졌으리라.

비땅 들고 1자도 모르던 아짐덜이 성서 말씀 외우느라고 불 달맬 때나 경 칠 때 두룬두룬 했던 이유가 죄다 고런 것덜 타 올 욕심에서였다. 물론 그 욕심은 애당초 천당 갈라고 그라잖애 새끼덜 생각으로부터 싹 텄다고 봐야 맞다.

엿장시가 하루에도 수 십 번 가새를 침시로 오만 잡동산이를 다 거둬들였다. 헌 냄비, 헌 솥, 고무신, 연장은 물론 첨에는 모가지 달아난 뱅도 받고 숟꾸락 뿐어진 도막도 받었는데 부잡한 놈덜은 저울추도 엿으로 바꿔 먹었다.

헌 종우도 많이 가져만 가면 엿을 중께 조상님네덜이 보시던 귀한 책을 집구석 다 뒤져 갖다주고는 엿장시가 저울로 다는 눈을 초아다봄시로 '근대가 많이 나갔으면—'하던 시상이었다.

받을 것 다 받은 엿장시는, 저 알어서 가새로 톡톡 쳐 떨어주었기 땜세 '엿장시 맘대로'라는 말이 생겼다.

고 담에 튀밥 튀는 기계가 등장했다. 펑! 하는 소리가 디키먼, 여자덜

은 쌀이나 보리를 들고 가서 튀어오고 낭중에는 몰른 흔떡이 주멍탱이 만하게 커져 나온다는 사실을 알게 되었다. 요때보탐 얼척 없이 큰 투자 효과를 '튀밥 튄다'고 표현하기에 이르렀다.

튀밥 담에 나온 것이 꿀범벅인데 쉽게 말하자면 깡냉이 튀밥이다. 비니루가 상용됨시로보탐 꿀범벅은 잘 포장되아 언제고 파삭파삭하니 막 튄 맛을 간직하고 있었다.

아매도 당초의 맛을 오래 오래 유지시키는 상품 포장은 꿀범벅이 그 선구자 역할을 한 성 부르다.

보릿가실이 끝나고 비 오는 날이면 동네에 보리 볶는 냄사가 껀했다. 보리를 볶을 때는 콩을 섞어 한꾼에 볶는 것도 하나의 지혜였다.

60년대 초까지 동구리 부주가 성했는데 함마니가 동구리에 쌀을 담어서 초상집 혼사집에 부주갔다 오심시로 흔떡, 찰떡, 쑥떡, 전, 돼지 비게, 밤 등을 고루짝짝 담어 오시먼 아그덜은 맛있는 놈을 몬자 골라 먹을라고 새꽉까지 달려가 동구리를 받어들기 일쑤였다.

생이 미로 갔던 하납씨나 아부지덜은 초상집에서 나눠주는 흔떡 한 두개를 복건에 담어와 새끼덜한테 건네주는 재미도 누렸다.

아그덜은 지삿날이 참말로 재밌었다. 어런덜이 하시는 일 하고는 상관 없이 먹고잡은 것은 살짝살짝 둘러먹고, 작은 방에 대여섯이 모태 앉어서 가랑이 새다구로 발을 섞어 뻗대고는 '인다리 만다리 이부 따부 삼춘 밭에 오란다 가란다 옥굼 족굼 부수 탱!' 함시로 놀았다.

그라고 봄·가실 지각에서 시향을 모실 때먼 시향 타 먹는다고 줄을 서는 일도 요새는 보기가 애럽다.

요록케 촌 아그덜이 즈그덜 맘대로 자연스럽게 자랄 때 어런덜은 술 뒤러 온 세무서 직원을 피해감시로 막걸리를 담가 놓고 '뭣이 맛있는 안

주인가?'를 이전 지전보탐 궁리해 오고 있었다. 일단 배를 채우고 나면 양보다 맛을 골르는 일이 당연지사다. 어련덜은 촌에서 삼시로 잘 못 먹는 것 같지마는 실은 안 그랬다.

우선 집에서는 달마다 들어 있는 명절, 지사, 식구덜 생일, 이종, 가실 타작하는 날과 땀 많이 흘리는 여름에는 시 번 삼복 복다룸을 한다고 잘 먹는다. 또 씻김이나 비손할 때도 잔 시끼럽기는 해도 원님 덕분에 나발 분다고 잘 먹고 오랫만에 산댁이 오셔도 덕분에 잘 먹는다.

동네에서는 혼삿집, 초상집, 환갑집이 생기먼 이틀쯤 들락거리고 놈의 지삿날에도 대접을 받는다. 또 오랫들에 먹거리를 장만해도 오가는 정이로 초대를 받는다. 그라다가 목을 다듬고 있는데도 술 한 잔 하라는 소리 없이 넘겨불 경우가 생기면 "고런 행오지를 하는 놈은 상대를 하지 마라!"고 맬겁시 각씨한테 화풀이를 하기도 한다.

이 밖에 문중에서 성묘할 때면 산직이 집에서 잘 먹고, 소문중 짓날契도 잘 먹는 만큼 결속이 다궈진다.

한동안 배가 굿풋할 때를 틈 타 계획한 범위에서 장만하는 음식은 복쟁이탕, 개정국, 미꾸락지탕 등이고 살림에 따라서는 애제탕 같은 특별 요리도 맹길아 먹는 집이 있었다.

인자 우리나라도 보릿고개를 넘어야 했던 껏보리 숭년을 거쳐 잘 살게 됐게 촌사람덜도 나자짐막해 졌으니 우선 보기에 좋다.

음식이란 먹어 본 입맛이라고 맛 있는 것은 역시 맛 있는 것인데 그 중 하나가 '서촌 간재미회'다. 진도를 중심으로 서남해 연안의 생선, 해조류, 패류가 전국적으로 맛을 손꼽고 진도에서도 서촌에서 나는 생선맛이 질로 좋다. 읍장날 가 보먼 간재미, 뒈미, 전애, 낙지 등이 서촌 것보탐 몬자 폴린다.

요 중에서도 간재미가 일품인데, 퍼덕퍼덕 하는 놈을 사다가 미나리 잔 옇고 얼큰 시큰하게 중물러 회를 맹긴다 치라면 그 맛이야말로 안 먹어본 사람은 모룬다.

중국 사람은 한자를 맹김시로, 맴생이羊가 커서大 배 차게 먹을 수 있음을 아름답다美고 정했다. 만약 요새 진도사람이 한자를 맹긴다면 아름다울 미짜를 서西자 밑에 맛 미味를 붙일 성 부르다.

그란데 인자 서촌 간재미가 없어지게 되았다. 도팍기, 짱뚱이, 운조리, 홍거시까지도 싹 없어지게 되아 부렀다. 갠가 원뚝인가를 막는 군내郡內지구간척사업이 시작되았응께 말이다. 약 5백억원을 들여서 서촌西村 바다 훤칠한 뻘바닥을 논이로 맹기는 사업이다. 기가 맥힌다.

산데미 같은 노적 배눌이 즐펀해도 쌀 사 주는 사람 없응께, 농민회 회원덜이 면사무소에 실고 가서 지름 뿌려 불지르겄다고 실갱이를 벌이는 판이다.

양곡보관창고에서는 해묵은 쌀이 썩어가는 판이고 요래도 쌀을 수입할 수백에 없는 판이 되고 있다.

요런 판에 농토를 더 맹긴다고 아깐 뻘밭 몽땅 없애 맛있고 깨깟한 해산물을 못 먹게 한다니 말이 아니다.

간척사업은 계속될 전망이다. 보전지구는 사업 중이고, 군내지구 담에는 고군면 벌포 바다를, 고 담에는 의신면 도목리 앞바다를 막을 계획이 또 서 있다. 진도 뻘밭이 다 없어진다.

진도는 청청한 산과 깨깟한 물, 파아란 바다와 하눌 그라고 원 없이 마시고 잡은 공기가 있다. 또 고래古來의 전통민속 땜세 민속의 보고로 세계에 알려져 있다.

대불공단 조성이 완료되면 배후휴양지로 손꼽히는 곳이다. 그래서 쪼깐 있으먼 관광객덜이 북적북적 할 터이다.

　요 때쯤 되았을 때 진도해역에서 잽히는 성성한 생선이야말로 큰 돈덩어리가 될 것인데, 오만 뻴은 다 없애 생선덜을 멀리 후쳐부는 사업을 돈 협씬 들여서 벌이는 지경이다.

　낭중에 가서 개기덜 오락한다고 원뚝을 터불 것인가? 뻬비는 안 먹어도 서촌간재미는 먹어사 쓰겄다!

〈끝〉

부록 1.
「서촌 간재미」에 보이는 진도 방언

글/김웅배 교수(국어국문학자, 전 목포대 총장)

　방언은 표준어와 상대적 개념으로 쓰여 비표준어 즉, 사투리라고도 하지만 방언학에 있어서의 방언은 한 언어를 형성하고 있는 작은 단위로서의 언어체계 전부를 뜻한다.
　따라서 서울방언과 전라도방언은 대등한 자격으로 한국어를 형성하고 있는 작은 식구들이다. 서울말이 전라도말보다 좋다거나 우위하다고 생각하는 것은 큰 착각이다. 서울말은 서울말대로 특색이 있고, 전라도말은 전라도말대로 특색이 있다. 각 지역어의 장점을 살려 표준어를 키우면 우리말의 어휘는 훨씬 풍부해 질 것이다. 우리 전라도말은 서울말과 약3백년 전에 갈라져 옛말의 자취가 매우 많이 남아 있다. 옛날에 대한 기록된 자료가 아주 적은 우리의 실정에서 방언의 수집은 매우 절실하고 요긴한 일이다.
　이런 의미에서 「서촌간재미」같은 작업은 매우 뜻있는 시도라고 생각한다.
　전라도말의 '보듬다'에서 느낄 수 있는 포근함을 서울말의 '안다'에서 어떻게 찾을 수 있겠는가? 해남이 낳은 시인 이동주는 큰애기들의 섬섬

옥수를 '삐삐꽃 손'으로 노래하고 있는데 이것을 '뻴기꽃 손'으로 바꾸어 표현하면 그 맛이 사뭇 달라진다. '보듬다'는 포근하고 감칠 맛나는 전라도 말의 좋은 하나의 예에 불과하다.

'저것이 진돗개여라우'의 '—라우'는 중앙어 '—요'가 주는 간결하고 단순한 느낌을 '눙치고 늘여' 마치 육자배기 한 구절을 들은 것 같은 정감으로 바꾸어 놓는다. 「서촌간재미」에서 나오는 '한 성 부르다' '맬겁시' 등은 얼마나 정감 있는 말인가! 또 중앙어 '허기지다' 대신 '배가 굿풋하다'는 어떠한가? '새를 후치다'도 '새를 날리다'보다 못할 게 뭐가 있는가?

방언은 국어의 역사가 일정한 공간에 반영되어 옛말이 화석처럼 남아 있는 것이다. 진도말의 '간재미'는 중앙어 '가자미'에 'ㄴ'이 첨가되고 모음동화가 곁들여 형성된 말이다. 이런 예는 '깐치 연치' 등과 관계되고 중앙어의 경우 '호자'가 '혼자'가 된 것과 같다.

엿장수의 '가새'도 상당히 재미있는 말이다. 중앙어 '가위'로는 그 어원을 알기 어려우나 이 '가새'는 옛말 '갓다'의 어간 '갓'에 '—애'가 결합하여 형성되어 있음을 쉽게 알 수 있게 해준다. 이것은 마치 '놀다'의 어감 '놀'에 '—애'가 붙어 '노래'가 된 것과 같다. 이런 예는 '바구(바위), 우그로(위로)' 등도 있다. 전라도말에 '밥우게 떡'의 중앙어 '밥위에 떡'과 대비하여 보면 이를 알 수 있을 것이다.

「서촌간재미」에서 이 밖에도 찾을 수 있는 흥미 있는 방언형은 다음과 같은 것들인데 구체적 해설은 약한다.

보탐(부터), 얼척없이(매우, 어처구니없이), 새꽉(사립문, 사립문께), 모태다(모으다), 비땅(부지깽이), 배늘(볏가리, 곡식이나 마람 등을 쌓아 놓은 것), 땜세(때문에), 한꾼에(한꺼번에, 함께), 맹길아(만들어), 뻘바닥(펄바다) 등.

우리의 감정과 정서를 표현하는 데 국어가 가장 적절하듯 우리 고장의 이야기를 우리 고장의 말로 구술하고 기록하는 것이 가장 실감날 일이다.

 '동구리 부주'라는 말을 듣고 40이후의 이 고장 사람들은 몇 십년 전의 거사를 눈에 보는 듯 추체험할 수 있을 것이다.

 자꾸만 소멸되어 가는 우리말의 보고인 방언이 이런 작업을 통해서라도 채록되는 것은 정말 다행스러운 일이다.

부록 2.
진도방언해설

디지털진도문화대전 https://jindo.grandculture.net/jindo

진도 방언

글/이기갑(국어국문학자, 전 목포대 교수)

진도 방언은 진도 본섬과 조도의 여러 섬 지역에서 쓰이는 토박이 언어를 통칭하는 말이다. 진도 방언은 적어도 세 가지 요소로 이루어진다. 전남 전역에서 두루 쓰이는 방언, 전남의 하위 방언인 서남부 방언(무안, 목포, 영암, 신안, 완도, 진도, 해남, 강진, 장흥 등지의 방언)에 속하는 요소, 그리고 진도 지역에서만 쓰이는 고유한 표현 등이 그것이다. 이러한 세 요소는 진도 방언에서 '전남 전역 > 서남부 전남 > 진도' 등의 비율을 차지할 것으로 추정된다. 여기서는 전남 전역에 걸쳐 공통적으로 나타나는 방언은 제외하고, 전남의 서남부와 진도에서만 확인되는 언어적 현상만을 골라서 기술하려 한다. 이 글의 상당 부분은 최소심(1990), 채정례(1992), 이기갑(2009)의 구술 담화 자료에 바탕을 두었다.

1. 소리의 특징

1.1. 자음의 탈락

　모음과 /ㅣ/ 사이에서 /ㄴ/이 탈락된다. '할마이(=할머니), 어머이(=어머니), 주마이(=주머니), 그라이(=그러니), 오이라(=오너라), 이마이나(=이만큼이나), 꺼마이(=꺼멓게), 마이(=많이)' 등이 이런 예이다. /ㄴ/은 반모음 /j/ 앞에서도 탈락될 수 있다(예: 이역(=이녁), 지역(←지녁. =저녁)). /ㄴ/ 이외의 다른 자음도 모음 또는 비자음과 /ㅣ/(또는 반모음 /j/) 사이에서 탈락을 겪기도 하는데, '머이마(=사내), 가이나(=계집)'는 /ㅅ/, '비땅'(←부지땅. =부지깽이), '모냐'(←몬자. =먼저), 까양(←까장. =까지)는 /ㅈ/, '어이서'(=어디서)는 /ㄷ/, '따이로'(=땅으로)는 /ㅇ/이 각각 탈락한 것이다.

1.2. 모음 /ㅜ/의 탈락

　진도 방언에서는 /ㅜ/ 모음이 탈락되는 경우가 흔히 발견된다. 예를 들어 '배우다'는 진도방언에서 '배ː다'처럼 /ㅜ/가 탈락하면서 첫 음절이 길게 소리 난다. 이 장음화는 한 음절이 줄어든 것을 보상하기 위한 것이다. 둘째나 셋째 등 한 집안의 아이 가운데 중간에 끼인 자식을 가리키는 말인 '간ː뎃놈'도 원래는 '가운뎃놈'에서 변화한 것이다. '나누다'를 '난ː다'로 발음하는 것도 같은 현상이다. 전남의 다른 지역에서도 /ㅣ/와 /ㅜ/가 결합될 경우 /ㅜ/가 탈락되기도 하지만(예; 피ː다(=피우다), 키ː다(=키우다), 치ː다(=치우다)), 진도 방언처럼 /ㅣ/ 이외의 모음 다음에서 /ㅜ/가 탈락되는 경우는 드물다.

1.3. 유추

　'작은딸'을 가리키는 '장가이나' 또는 '장가'에서 '장'은 '작은'에서 온 말이다. '작은'이 '장'이 되려면 '자근→잔→장'과 같은 변화가 일어나야 하지만, '자근→잔'의 변화는 결코 일반적인 것은 아니다. '자근→잔'은 아마도 '작은'의 반의어인 '큰'과 끝소리를 맞추기 위한 결과로 보인다. 경상도 방언에서 '못'을 '몬'이라 하는 것도 유사한 부정어인 '안' 때문이다. 이처럼 의미적으로 관련 있는 낱말들끼리 비슷한 형태를 유지하려는 유추 작용은 여러 언어에서 확인되는 보편적 현상이다.

2. 문법적 특징

2.1. 어미 '-읍닌자'와 '-읍딘자'

진도 방언에는 의문을 나타내는 어미로 '-읍닌자'와 '-읍딘자'가 있다. 이것은 중앙어의 '-읍니까'와 '-읍디까'에 대응하는 방언형이다. '다섯을 안 낳았습닌자?', '의신면 사람 아닙닌자?', '백파장같이 물도 없을랍딘자?', '뭣 할라고 오락했습딘자?', '나무를 이케 요리케 덴 거 안 있십딘자, 소 앞에 보먼?', '그전에 그 영감님을 사과(=사귀어)갖고 배를 한나 쬐깐한 것을 안 샀습딘짜?'처럼 쓰인다.

이 '-읍닌자'와 '-읍딘자'의 '-자'는 기원적으로 '-갸'가 구개음화를 겪고, 여기에 /ㄴ/이 첨가된 것이다. 즉 '-읍니갸 > -읍니자 > -읍닌자', '-습니갸 > -습니자 > -습닌자' 등의 변화를 겪었다. 일반적으로 구개음화는 낱말의 첫 음절에서 일어나는데, 이 경우는 어미의 끝 음절에서 일어나 매우 이례적이다. 실제 진도에서는 '갔습니갸?', '보셨습니갸?'처럼 '-습니갸'의 예가 확인된다.

'-읍닌자/-습닌자'는 때로 '-음자/-슴자' 등으로 축약되어 쓰이기도 한다. 또한 '-갸'는 '-꺄'로도 변이하는데, 이에 따라 '-읍닌짜'나 '-습닌짜' 또는 '-음짜', '-슴짜' 등의 어형이 생기기도 한다. '그라믄 검불

같은 것은 잡것은 싹 나가고 알따구는 무겁께 인자 쏟아질 거 아님짜?', '인자 첨에 달아 놓먼 아프 거 아님짜?', '그 다음에는 주로 배추를 소숫자로 하는데, 주로 해남이 배추 본고장 아니떱자?' 등이 이런 예이다.

2.2. -게

'-게'는 '자네'라고 부를만한 상대방에게 하는 명령법 어미이다. 이 '-게'는 진도를 비롯하여 해남, 완도, 신안 일부 지역 등 서남해의 몇 지역에서만 쓰인다. 나머지 전남 방언의 대부분은 '-소'를 사용한다. 중앙어에서 '-소'는 16세기에 나타나고 '-게'는 17세기 이후에나 보이므로 '-소 > -게'의 대체가 일어났다고 할 수 있다. 그렇다면 전남의 내륙 지방은 고형을 쓰고 진도를 비롯한 서남해 일부 지역은 후대형을 쓰는 셈이다. 왜 이들 섬 지역이 표준어와 같은 신형을 쓰는지는 의문이다. '한턱얼 내게.', '거 보게. 그랑께 오늘 닭 잡아서 한턱 옳게 주게.' 등이 이런 예이다. 그밖에 해남, 완도 등 진도 인근 지역에서도 '-게'가 쓰인다. 예를 들어 '어야, 총각님 총각님! 나 조깐 숨켜 주게.'(해남), '동네방네 사람들 다 들어 보게.'(해남), '오늘은 일쩍허니 저 건너 마을에 건너가서 계란 한나 구해다 주게.'(해남), '자네 나 한 대로 하게, 나 시킨 대로이.'(해남) 등을 들 수 있다.

이 '-게'는 친근한 손위 사람에게도 사용할 수 있는데, 아들이 어머니에게 하는 말인 '엄매 옷 한나 맞춰 주게', 여동생이 언니에게 하는 '성은 여가 꼭 앉었게!' 등이 이런 용법을 보여 준다.

2.3. -만다고

진도 지역에서 쓰이는 어미 '-만다고'는 기원적으로 '-마고 한다'에서 축약된 말이다. 전남의 내륙 지역 방언에서는 '-마고 한다'가 결코 '-만다'로 축약되지 않지만 진도나 완도 등 서남해안 지역 일부에서는 이러한 축약이 일어나면서, 일인칭 주어의 의지를 나타내게 된다. 중앙어로 옮긴다면 '-겠다고' 정도가 될 것이다. '초파일날 해남 대흥사를 가 봉께 영산홍, 자산홍 꽃나무가 있는데 내가 그 꽃을 좋아항께 그 나무럴 두 그루 <u>주만다고라우</u>. 절에서 만났던 어떤 사람이.', '내 새끼는 이왕 병신 됐제마는 고놈만큼은 고쳐 주라고, 막 하라는 대로 <u>하만다고</u> 엎져서 막 빌었당께라우.', '가서 식당에가 고급으로 밥 많이 담으라고, 돈 더 <u>주만다고</u> 그랬소. 이 썰게 없는 에펜네가.' 등에서 '-만다고'의 쓰임을 확인할 수 있다.

2.4. -음시다

진도 방언에는 말할이의 의도를 나타내는 '-음시다'가 있다. 표준어의 경우 말할이의 의도를 나타내는 어미로 상대높임의 위계에 따라 아주낮춤의 '-으마'와 예사낮춤의 '-음세'의 두 가지가 있고, 높임의 경우 '-겠소'나 '-겠습니다'처럼 안맺음씨끝 '-겠-'을 포함한 복합적인 형태적 구성으로 표현하지 않으면 안 된다. 반면 진도 방언은 높임의 어미 '-음시다'가 자리잡으면서 위계에 따른 '-으마', '-음세', '-음시다'의 삼분적인 어미 체계를 갖추게 되었다. 따라서 '-음시다'는 표준어의 '-겠소'나 '-겠습니다'에 대응하는 어미인 셈이다. '보고 싶으면 이따 내가 베 줌시다(=보여 주겠소), 우리 집이 있소.', '쭉 이따 베 줌시다마는(=보여 주겠소마는), 고놈이로 인자.', '할(=활)이 어찌게 생겼는가니(=생겼는고 하니) 내가 갈차 줌시다(=가르쳐 주겠소).', '암 제 해 줌시다(=아무 때 해 주겠소).' 등의 예가 확인된다.

2.5. -은다꾸나

　진도 방언에서는 상대에 대한 권유를 나타내는 말로 '-은다꾸나'와 같은 어미가 쓰인다. 예를 들어 '빨리 간다꾸나(=빨리 가려무나).', '존 대로 한다꾸나(=좋을 대로 하려무나).' 등이 이를 보여 준다. 표준어는 '-자꾸나' 처럼 청유의 '-자'를 친밀하게 하는 말로 '꾸나'가 덧붙는 수가 있는데, 진도 방언은 이 밖에 서술형 어미 '-은다'에 '꾸나'가 덧붙어 완곡한 명령인 권유를 나타내는 것이다. '-은다꾸나'는 표준어의 '-으려무나'에 대응시킬 수 있을 것이다.

2.6. '-어사라'와 '이사라'

　연결어미 '-어야'는 진도 방언에서 '-어야'와 함께 '-어사', '-어사라/어서라'로도 쓰인다. 예를 들어 '막어사 물이 안 흘르제.', '간다먼 못 가게 막어사제.', '말얼 당체 들어사제.'는 '-어사'가 쓰인 경우이고, '양짝이 같어사라 쓰제(=양쪽이 같아야 되지.).', '많썩 먹어사라 일도 잘하제(=많이씩 먹어야 일도 잘하지.).', '이녁이 여자하고 멀리 함시로 약을 먹어서라 효과가 있다 그래서 혼자 보약을 먹었어.'는 '-어사라/어서라'가 쓰인 경우이다. '-어야'가 중세어에서 '-어사'였음을 고려하면, '-어사'는 '-어사'의 후대형임을 짐작할 수 있다. 이것은 /ㅿ/이 방언에 따라 탈락하거나 /ㅅ/으로의 변화를 겪은 셈이다. '-어사'는 전남에서 일반적으로 쓰이는 형이다. 그런데 진도 방언은 이에 더하여 '-어사라'처럼 형태 '라'를 덧붙인 형을 쓰고 있다. '-어사라'는 '-어사'를 강조하는 표현이므로 덧붙는 '라'는 강조의 기능을 담당한다고 할 수 있다.

　지정사 '이다'에 연결어미 '-어야'가 결합하면 '이라야'가 된다. 이 '이라야'는 명사 뒤에 붙어 조사로 재구조화 되어 쓰이기도 한다. 마찬가지로 '이라야'의 진도 방언형은 '이라사'가 될 것인데, 실제로 진도 방언은

'이라사' 대신 '이사라'가 쓰인다. 예를 들어 '가그덜이사라 즈가배가 부장께 그케 써도 되겠제(=걔들이야 저희 아버지가 부자니까 그렇게 써도 되겠지.).' 처럼 쓰이는 것이다. '이라서→이사라'의 변화는 결과적으로 음절의 자리 바꿈이라 할 수 있지만, 그 바꿈의 동기는 아마도 위에서 언급한 연결어미 '-어사라'와의 유추 때문으로 생각된다.

2.7. 조사 '이랍닌자/이람짜'와 '이랑가'

앞에서 언급한 높임의 의문형 어미 '-읍닌자'는 지정사 '이-' 다음에 붙는 어미 '-라' 뒤에 쓰여 '-랍닌자'로 쓰이는데, 지정사와의 결합형 '이랍닌자'는 조사로 재구조화 되어 '이람닌자'로 쓰이고, 줄어서 '이람짜'로 쓰이기도 한다. 조사 '이람닌자'는 반말의 표현 다음에 쓰여 상대에 대한 높임을 나타내기 때문에 기능과 분포에서는 표준어의 높임 조사 '요'에 대응한다고 할 수 있다. 그러나 이 방언에는 이미 조사 '요'에 대응하는 조사로 '이라우' 또는 '이라'가 있기 때문에 '-이람닌자'는 이보다 약간 높은 위계의 조사라 할 수 있다. 표준어의 '해요'와 '하십시오'의 차이 정도에 해당할 것이다. 이것은 기원적으로 '이라우'에 종결어미 '-오'가 포함되어 있는 반면, '이람닌자/이람짜'에는 '-읍니꺄'가 포함되어 있기 때문이다. '하오체'와 '합쇼체'와의 위계상의 차이가 재구조화된 조사에도 그대로 투영되어 있음을 알 수 있다. '이람닌자/이람짜'가 조사로 쓰인 예로 '우리 함마니가 진도서 왔어람닌자.', '나럴 암컷도 보도 안하고 시집얼 보냈어람닌자.', '그라지람짜', '맞지람짜', '옳은 말씸이지람짜' 등을 들 수 있다.

한편 의문형 어미 '-은가'가 내포문의 지정사 종결어미 결합형 '이라'와 합쳐지면 '이란가'가 되는데, 이것이 '이람닌자/이람짜'와 마찬가지로 조사로 재구조화 되면 '이랑가'가 되어 일정한 상대높임의 위계를 나타내는 기능을 하게 된다. '-은가'가 기본적으로 예사높임을 나타내는 어미이므로 조사 '이랑가' 역시 이 위계를 갖는다. 예를 들어 '그때게 내가 진도에 갔어랑가(=그 때에 내가 진도에 갔네.).', '그래갖고랑가 다 죽어 불었제랑가(=그래가지고 다 죽어 버렸지.).'처럼 쓰일 수 있다. 결국 진도의 방언은 조사로써 상대높임을 나타내기 위해 '야', '이랑가', '이라우/이라', '이람닌자/이람짜'의 네 단계 위계 체계를 갖게 되는데, 이러한 사분 체계는 전남 내륙의 이분 체계에 비해 매우 세분화된 것이다. 진도뿐만 아니라 완도 지역도 같은 양상을 보인다.

2.8. 강세접미사 '-씨-'

접미사 '-씨-'는 자동사를 타동사로 만들거나, 타동사에 결합하여 강한 동작을 나타내는 점에서 중앙어의 '-뜨리-'에 대응한다. 예를 들어 '벌씨다(=벌리다)', '일씨다(=일으키다)', 쪼굴씨다(=쪼그라뜨리다)의 '-씨-'는 타동사를 만들며, '오굴씨다'는 타동사 '오굴다'의 강조형이다. 〈덮거나 가린 것을 한 부분만 걷어 쳐들거나 잦히다〉의 뜻을 갖는 '떠들씨다' 역시 타동사 '떠들다'의 강조형이다. 이 '-씨-'는 진도를 비롯한 서남해 지역에서 주로 나타나는데, 전남의 내륙에서는 '-치-'가 쓰인다. 그래서 '오굴씨다'에 대한 내륙 방언형은 '오굴치다', '쪼굴씨다'의 내륙형은 '쪼글치다'나 '쭈글치다'가 될 것이다.

2.9. 파생접미사 '-읍-'과 '-드락신하-'

진도 방언은 전남의 내륙 지방의 형용사에 접미사 '-읍-'을 결합시켜 새로운 방언형을 형성한다. 예를 들어 '중하다, 귀하다, 독하다, 간사하다, 맛나다, 서툴다' 등의 내륙 방언형에 대해 진도 방언은 각각 '중합다, 귀합다, 독합다, 간삽다, 맛납다, 서투릅다' 등을 사용한다. 이 '-읍-'은 진도뿐 아니라 전남의 서남해안 지역에서 주로 나타난다.

한편 중앙어의 '-다랗-'에 대해 전남 방언은 '-드라하-' 또는 '-드란하-'를 대응시키는데, 진도 방언은 '-드락신하-'가 대응되는 수가 있다. '커다랗다'에 대한 '크드락신하다'는 진도 방언에서 '크닥신하다'로 변이되는데, 같은 성격의 변화가 내륙에서도 확인된다(예: 지드란하다 → 지단하다/지댐하다).

2.10. '-기' 부정문

한국어 부정문은 기본적으로 부정어 '안'을 이용한다. 그래서 동사 '보다'를 부정하려면 '안 본다'와 '보지 않는다'와 같은 두 가지의 부정 형식이 가능하다. 전자를 직접부정, 후자를 간접부장 또는 대용부정이라 부른다. 전남방언은 '안 본다'와 같은 직접부정을 선호하며, 대용부정은 '않다' 대신 '안허다'를 사용하고 본동사의 어미 '-지'를 잘 사용하지 않는 특성을 보인다. 그래서 '보지 않는다'보다는 '보도 안헌다', '보들 안헌다', '보든 안헌다'처럼 '-지' 없는 구성을 사용하는 것이 일반적이다. 그런데 진도 지역에서는 어미 '-지' 대신 명사형 어미 '-기'를 이용한 '-기는 안헌다'와 같은 구성을 쓰기도 한다. 예를 들어 '이런 데는 젓을 잘 안 담으요. 기양 장사 오먼 사가지고 기양 이 짐장만 하제 <u>담어 놓기는 안 해요.</u>'와 같은 예에서 밑줄 친 부분은 표준어의 '담가 놓지는 않아요'에 대응시킬 수 있다. 이 부분은 전형적인 전남방언으로 바꾸면 '담어 놓든 안해요'와 같이 될 것이다. 물론 후자는 진도 방언에서도 가능한 표현이므로 진도 방언은 대용부정으로서 '-지 안헌다'와 '-기 안헌다'의 두 가지 구성이 모두 가능하다고 할 수 있다. 다만 '-기 안헌다'는 언제나 '-기' 뒤에 조사가 와야 하는 특징이 있다. '담어 놓기는 안해요'에서도 보조사 '는'이 덧붙어 있다. 여기에서 보듯이 '-지' 대신 명사형 '-기'를 사용하여 대용부정을 만드는 것이 진도 지역의 특징이라 할 수 있다.

2.11. 놈

'놈'은 '사람'의 낮춤말일 뿐만 아니라 사물을 가리키는 기능을 하는 말이다. 그런데 진도 방언에서는 이를 넘어서 추상적인 사태를 가리키는 데도 쓰일 수 있다. 예를 들어 '구렝이덜이 나오는 놈에 못 살겠데(=구렁이들이 나오는 통에 못 살겠데.).'과 같이 쓰이는 것이다. '놈'의 의미가 '사람→사물→추상적 사태'와 같은 삼 단계의 의미 변화를 겪는 점이 이 단계의 의미 변화를 겪는 다른 방언과의 차이를 보여 준다.

3. 어휘적 특징

3.1. 친족어

부모에 대한 명칭으로서 '아배'와 '엄매'가 선호된다. 물론 화자에 따라 '아부이', '어머이' 등이 쓰이는 수도 있기는 하다. 그 밖에 시어머니에 대해 '씨엄씨'나 '씨엄매', 시아버지에 대해 '씨압씨' 등이 쓰인다. 조부모에 대한 지칭으로서 '하납씨'와 '함마니', '함씨' 등이 있다. 여기에도 '할바이'나 '할마이' 등이 쓰이기도 한다.

여자의 경우 언니를 '성'이라 부르며, 동생은 남녀 가리지 않고 '동승' 또는 '동숭'으로 부른다. 올케 가운데 오빠의 부인을 '오라부성', 남동생의 부인을 '동숭에지섬'이라 한다. '동숭에지섬'은 기원적으로 '동숭 - 에 - 지 - ㅅ - 엄'으로 분석되는데 〈동생의 지어미〉를 뜻한다. 이때 '짓'은 '집'의 관형형으로서 '집의'의 뜻을 갖는다. 그러므로 '지섬'은 '집의 어미' 곧 '지어미'인 것이다. 중앙아시아 고려말에서는 손위 올케를 '올찌세미'라 하는데 이 역시 '올 - ㅅ - 지 - ㅅ - 어미'로 분석되는 말로서 〈오라비의 지어미>를 뜻한다. '오라부성'이나 '동숭에지섬'은 진도, 신안 등 서남해 섬 지역에서 주로 쓰이는데, 전남의 나머지 지역에서는 이에 대해 '오라부덕'과 '동상아덕'이 쓰여 이들 지역과 대립을 보인다.

남편의 남자 형제 가운데 특히 시동생을 '씨아잡씨'라 한다. '씨아잡씨'의 '아잡씨'는 '앗-압씨'로 분석되는데 '앗'은 <작은>을 의미하는 말이다. 따라서 '아잡씨'는 기원적으로 <작은아버지>를 뜻한다. 전남의 다른 지역에서는 '씨아잡씨'에 대해 '시아재'를 쓴다. 반면 시아주버니는 '시숙'이라는 말을 쓴다. '아잡씨'는 이처럼 시동생을 가리키는 말이기는 하지만, 여성들이 동네의 아저씨를 가리킬 때도 쓰인다. 그래서 이는 여성 전용의 말인 셈이다. 반면 남자들은 동네 아저씨를 가리켜 '삼춘'이라고 부른다.

아내의 언니 즉 처형妻兄을 진도에서는 '가세아짐씨'라 한다. '가세'는 '가시'의 변이형으로서, '가시'는 중세어에서 '갓'으로 쓰이는데, 결혼한 여인인 부인이나 아내를 가리키며, 결혼 이전의 여성인 '겨집'과 대립하였던 낱말이다. 진도에서도 '안내'를 가리켜 '갓내'라고 하는데 여기에 '갓'이 남아 있다. '가세아짐씨'는 처가의 아주머니라는 뜻이므로 처형을 의미하게 된다. '가세아짐씨'에서 보듯 진도에는 '아짐'과 '아짐씨'라는 말이 쓰이는데, '아짐'이 '아짐씨'보다 더 높이는 말맛이 있다. 그래서 남자가 제수를 가리켜 '아짐씨'라 하지만, 형수에게는 '아짐'이라고 해야 한다. '아짐'은 숙모 항렬의 친척 여성을 가리킬 때도 쓰지만, 친척이 아니더라도 동네의 여자 어른에게 쓸 수 있다.

3.2. 아이의 속명

아이가 정식 이름을 갖기 전에 집에서 부르는 속명을 짓는 방식이 진도 지역에서는 따로 있다. 아이의 속명은 세 가지의 기준에 의해 결정된다. 첫째는 아이의 출생 순서이다. 표준어에서 맏이에 대해서는 '맏아들/큰아들', '큰애' 등이 쓰이고, 제일 끝에 낳은 아이는 '막내'나 '막둥이' 등이 쓰이는 것과 같다. 이처럼 표준어나 다른 방언에서는 대체로 맏이와 막내의 두 순서를 구별하고, 이를 더욱 세분할 경우 '셋째, 넷째'와 같은 서수사를 사용한다. 반면 진도 방언에서는 아이의 성별에 따라 남자인 경우 접미사 '-바', 여자인 경우 접미사 '-단이'나 '-심이'를 결합하고 여기에 수관형사를 덧붙인다. 그래서 결과적으로 진도에서는 남자의 경우 '큰놈, 두바, 시바, 니바, 오바,...'와 같은 이름이 정해지고, 여자는 '큰년, 장가이나, 시단이, 니단이, 오단이,...'처럼 불리게 된다. 맏이에 대해 관형어 '큰'을 사용하는 것과 '놈/년'과 같은 비하의 명사를 사용하는 것이 특이한데, 이는 특히 부모가 자식을 가리킬 때 사용된다. '-바'나 '-단이'에 붙는 '두, 시, 니'는 수관형사인데 다섯부터는 '오바'나 '오단이'처럼 한자어를 사용하는 것이 특징이다. 또한 둘째딸을 '장가이나'로 부르는 것이 흥미로운데, '장가이나'는 '작은가이나'의 준말이다.

  속명의 둘째 방식은 어머니의 친정(즉 아이의 외가) 지명을 사용하는 방식이다. 이 경우에도 아이의 성별에 따라 남자이면 '-바'(진도 본섬)나 '-수'(조도), 여자이면 '심이'나 '단이'를 붙인다. 그래서 만약 어머니의 친정이 진도 본 섬의 '대샷골'이면 아이의 이름은 '대바'나 '대심이', 볼매(관매도)에서 시집온 여자의 아들은 '볼매수', 딸은 '볼매단이'로 불리게 될 것이다. 진도 읍내에서 시집온 여자의 맏딸을 가리키는 '골단이'라는 속명 역시 이 방식을 따른 것인데, 이때 '골'은 '고을'의 준말이다.

  속명의 세 번째 방식은 아이의 성격이나 외모 등의 특징으로 부르는 것인데, 이때도 접미사 '-바'나 '-단이'가 쓰이는 것은 마찬가지다. 이런 방식에 의해 만들어진 속명의 예를 들면, 남자의 경우 '꼬시락바(=곱슬머리의 남자아이), 도추바(=짱구), 둑바(=고집쟁이), 쌍바(=쌍둥이 남자아이), 억지바(=억지를 잘 부리는 남자아이), 뺀잭바(=뱁새눈을 가진 남자아이), 건덕꿀바(=덜렁이), 공택바(=공짜를 좋아하는 남자아이)' 등이 있고, 여자는 '뺀잭단이(=뱁새눈을 가진 여자아이), 뽀꿀단이/삐꿀단이(=잘 토라지는 여자아이), 꼬시락단이(=곱슬머리의 여자아이), 싸납단이(=성깔이 있는 여자아이), 모단이(=모 심은 날 낳은 여자아이)' 등을 들 수 있다. 전남의 신안 등지에서는 이러한 경우 '-바' 대신 '-수'를 사용하는 방식을 사용하여 진도와 차이를 보인다. 예를 들어 '꾀수(=꾀보), 도망수(=잘 도망 다니는 사람), 대갈수(=머리가 큰 아이), 묵수(=먹보), 길수(=게으름뱅이), 폰수(=아이의 명을 길게 하기 위해 무당에게 판 아이), 뚱금수(=예상치 못하게 태어난 아이), 떠벅수(=떠버리)' 등이 그런 예이다.

3.3. 택호宅號

『표준국어대사전』에 따르면 택호宅號는 집주인의 벼슬 이름, 또는 처가나 본인의 고향 이름 따위를 붙여서 그 집을 부르는 말로 정의된다. 즉 결혼한 남성이나 여성의 이름을 부르지 못하는 한국의 문화적 특성 때문에, 남성은 가지고 있는 벼슬, 직업 또는 처가의 지명으로써 해당 남성을 우회적으로 부르거나 가리키고, 전통적으로 벼슬이나 관직을 갖지 못한 여성은 친정의 지명을 호칭과 지칭으로 삼았다. 한 마을로 시집 온 부인네들을 부르거나 가리킬 때, 이름 대신 가장 효과적인 구분법은 그 여성의 친정 지명일 것이므로 이러한 택호는 매우 유효한 명명 방식이었던 셈이다. 이때 여성의 친정 지명에 접미사 '-댁'을 붙이는 것이 택호의 일반적인 방식이었으며, 이 방식은 전남의 내륙에서도 그대로 유지된다. 다만 '-댁'은 전남의 내륙에서 '-떡'으로 발음되는 것이 일반적인데, 이는 아마도 사이시옷이 개재되었기 때문일 것이다. 그래서 '나주떡'은 '나줏덕'으로 분석된다.

이러한 전남 내륙의 양상과 달리 섬 지역은 '-떡'을 쓰지 않으며, 대신 접미사 '-네'를 사용한다. 그리고 '-네' 앞에 오는 말은 아이의 이름이나 친정 지명 둘 다 가능하다. 아이의 이름은 앞서 언급한 아이의 속명이 사용되는 것이 일반적이다. 그래서 아이의 외가 즉 엄마의 친정이 '괴들'이라면 그 아이의 속명은 '괴들바' 또는 '괴들단이'가 될 것이고, 이에 따라 그 엄마의 택호는 '괴들바네' 또는 '괴들단네'가 될 것이다. 물론 '괴들바네엄매'나 '괴들단네엄매'와 같은 표현도 가능하다. 경우에 따라 친정 지명과 접미사 '-네'의 결합으로써 택호를 삼을 수 있는데, 지명 '괴들'의 한자어인 '고야리'가 행정 지명이므로 이를 이용하여 '괴들아' 또는 '고야리네'로써 시부모가 며느리를 부르거나 가리킬 수 있는 것이다. '괴들아'의 '아'는 '아이'의 뜻이다. 그런데 현재 살고 있는 마을과 같은 마을에서, 즉 마을 안에서 혼인이 이루어졌을 경우는 '동네바네/동네수네'나 '동네단네'와 같은 말이 쓰인다. 같은 마을 안에서 시집온 여성들의 택호는 전남 신안 지역에서도 다양하게 나타나는데, 예를 들어 신안의 하의면에서는 '본토수네', 신의면은 '한몰수네'라는 택호를 사용한다. 접미사 '-댁'을 사용하는 전남 내륙의 경우, 같은 마을 안에서 혼인이 이루어진 경우, 전남 광양은 '제동떼기', 전남 내륙은 '담안떡' 등이 사용된다.

3.4. 일반 어휘

① 진도에서 쓰이는 '낫살' 또는 '납살'은 중앙어와 의미가 다르다. 중앙어의 '낫살'은 '나잇살'의 준말로서 〈지긋한 나이를 낮잡아〉 이를 때 쓰는 말이지만, 진도에서는 이러한 비하의 기능도 없고, 나이가 지긋한 경우에만 쓰이는 것도 아니다. '내 납살이 올해 예순일곱', '호적 나이가 현 납살보다 시살이 적으요.' 등의 예가 이러한 용법을 보여 준다.

② 진도 방언에서 부사 '짠뜩'은 〈아주〉나 〈매우〉의 뜻으로 쓰인다.

그래서 '짠뜩 급항께', '잔뜩 졸라쌍께', '내가 짠뜩 웅께', '짠뜩 아푸고 짠뜩 못 견디먼' 등과 같이 쓰이는데, 중앙어에서 이러한 예들은 성립되지 않는다(비교 : 중앙어의 '날씨가 잔뜩 흐리다'/'얼굴을 잔뜩 찌푸리다').

③ 진도에서 마루는 '반침'이라 부르며, 중앙어 '마루'와 어원이 같은 '마래'는 마루방을 가리킨다. 이 '마래'는 안방 옆에 붙어서 물건이나 곡식 등을 넣어 두는 방의 하나라는 점에서 중앙어 '마루'와는 다르다.

④ 진도의 독특한 낱말인 '누산네/누삼네'는 <누구> 또는 <아무개> 등의 의미를 갖는데, 기원적으로 '누사람네'에서 온 것이다. '할 수 없이 가자고 여그럴 왔드라고라 누산네하고', '누산네가 "내가 장구 딱 잡고 있으면 다 될 것이요" 이라고 합디다'처럼 쓰인다. 한편 '누사람네'가 '누산네/누삼네'로 줄어 쓰이듯, '그 사람네'는 '그삼네'로 줄어서 쓰이는데 '그이'와 같은 인칭대명사 역할을 한다. '그삼네' 외에 '이삼네', '저삼네'도 가능하며 이들은 각각 '이이', '저이'에 해당하는 진도 방언의 삼인칭 대명사라 할 수 있다.

⑤ 흙덩이는 진도 방언에서 '흑덩구'라 한다. '덩이'에 대한 '덩구'의 대응이 특징적이다. 한편 논이나 밭에 있는 흙덩이를 깨는 도구로 진도에서 '곰배'가 쓰이는데 이는 표준어의 '곰방메'에 대응한다. 곰방메는 그 모양이 丁처럼 생긴 것인데, 한자 丁을 흔히 '곰배 정'이라 부르는 데서도 이를 확인할 수 있다.

⑥ 형용사 '신하다' 또는 '신합다'는 진도 방언에서 독점적으로 쓰이는 말인데, 주로 여성들의 일솜씨가 뛰어난 경우를 가리킨다. 전남 내륙에서는 이 경우 '매시랍다'라는 말을 쓰기도 하는데, '신하다/신합다'는 이에 대응하는 진도 방언형인 셈이다.

⑦ 동사 '때루다'는 샘에서 물이 고이는 족족 바가지로 샘 바닥의 물을 훑어 내는 동작을 가리키는 말이다. 육지와 달리 물이 부족한 섬 지역에

서 필요한 동사라 할 수 있다.

⑧ 진도 방언의 '뒤리다/디리다'는 바람의 힘을 이용하여 검불 등을 없애는 행위를 가리키는 말이다. 검불이 섞인 곡식을 위에서 내려뜨리면서 키나 부채 등을 이용하여 바람을 불러 일으켜 검불 등을 제거하는 것이다. 표준어에도 '드리다'란 말이 이런 의미를 나타내는데, '뒤리다/디리다'는 '드리다'의 방언형이다.

⑨ 집터에 딸리거나 집 가까이 있는 밭을 '텃밭'이라 하는데, 이에 유추적으로 생겨난 말로 진도 방언의 '텃논'이 있다. '텃논'은 '텃밭'과 마찬가지로 집 가까이에 있는 논을 가리키는 말이다. 사람이 사는 집 가까이에 있는 논은 물이 오염되어 간기가 있기 마련이다. 이런 곳에서 자라나는 곡식을 진도 방언에서는 '건다리'라 한다. 건다리는 웃자랄 뿐 아니라 열매도 부실한 것이 일반적이다.

⑩ 벼, 보리 따위 곡식에서, 꽃이 피고 꽃대의 끝에 열매가 더부룩하게 많이 열리는 부분을 '이삭'이라 하며, 전남 방언에서는 고개 숙인 사람의 신체에 비유하여 '모가지'라 한다. 표준어에서도 '모개'라는 말이 곡식의 이삭이 달린 부분을 가리킨다. 진도 방언은 이처럼 '이삭', '모가지', '모개' 등의 말에 유추하여 '이가지'와 '이개'와 같은 말들을 만들어 사용하고 있다. '이가지'는 '이삭+모가지', '이개'는 '이삭+모개'의 혼태어임을 쉽게 알 수 있다.

⑪ 남의 소를 송아지 때 가져다가 길러서, 다 자라거나 새끼를 낳으면 원래 주인과 그 이득을 나누어 가지기로 하고 기르는 소를 표준어에서는 '배냇소'라 하는데, 진도에서는 '바내소'라는 말을 쓴다. '바내소'는 가져다 기르는 송아지를 가리키는 말인데, 이 송아지가 자라서 다시 송아지를 낳는다면 그 어미소는 진도 방언에서 '어시소'라 한다. 중세어에서 '어싀'는 부모를 뜻하는 말인데, '어시'는 이 '어싀'로부터 유래한 말이다.

'쇠앙치가 쩔로 먼 데로 강께 어시소가 음메 하고 불룽구만 그라요.'와 같은 예에서 '어시소'의 쓰임을 알 수 있다.

⑫ 탈곡한 벼를 쌀과 뉘가 반반 섞일 정도로 찧어서 저장한 것을 진도 방언에서는 '뉩쌀'이라 한다. 쌀과 뉘가 섞여 있다는 말이다. 이렇게 전체 양의 절반 정도만 찧어 껍질을 벗겨 놓은 '뉩쌀'을 항아리에 저장해 두고 보관하는데, 밥할 때마다 나머지 반의 일부를 마저 찧어 쌀로 밥을 짓는 것이 진도 지역의 일반적인 밥짓기의 방식이었다.

⑬ 진도 방언에서 쌀겨를 '느무깨'라 한다. 전남의 내륙에서는 '누까'와 같은 일본어를 쓰기도 한다. 표준어에서 메밀을 갈아 가루를 체에 쳐내고 남은 속껍질을 '나깨'라 하고, 체로 쳐서 밀가루를 뇌고 남은 찌꺼기를 '노깨'라 한다. 여기서 동사 '뇌다'는 〈굵은 체에 친 가루를 더 곱게 하려고 가는 체에 다시 치다〉는 의미를 갖는다. 이처럼 '깨'는 체로 쳐서 남은 찌꺼기나 껍질을 가리키는 말에서 공통으로 들어있는 말로서, 진도 방언에서 '느무깨'도 이를 확인할 수 있다. '느무깨'의 '느무'는 그 기원이 분명하지 않다.

⑭ '졸리다'는 말을 진도 방언에서는 '자무롭다'라는 말을 쓴다. 전남의 내륙에서는 '잠오다'라는 말을 사용하여 진도의 '자무롭다'와 대립한다. '자무롭다'는 형태적으로 '잠'을 포함하는 것은 분명한데, 아마도 '잠 오르다'로부터 파생된 말로 추정된다.

⑮ 진도 방언에는 '철남하다'라는 말이 있다. 겨울철에 사용할 땔나무를 하러 가는 것을 의미하는 말로서 '철나무하다'에서 줄어든 말이다. 진도와 같은 섬 지방에서는 땔나무가 귀하기 때문에 나무가 흔한 다른 섬으로 이동하여 며칠 동안 야영하면서 땔나무를 장만했다고 한다. 이러한 것을 '철나무한다'라 하는데, 이를 줄여서 '철남하다'라는 말을 쓰는 것이다.

그 밖에 '보'(=벌써), '설퐉'(=사립문 밖), '꾀시럽다'(=꾀가 많다), '늑시근하다'(=늙수그레하다), '몽숭가리다'(=단단히 마음 먹다), '찍들다'(=끼얹다) 등의 낱말도 독특하다. 서북 전남에서는 '몽숭가리다'에 대해 '몽그리다', '찍들다'에 대해 '찌클다'가 쓰인다.

참고문헌

고광모, 「전남 방언의 상대높임법 조사 '-(이)라우, -(이)람닌짜, -(이)람니야, -(이)랑가'와 '-이다'의 기원과 형성 과정」, 『언어학』 38호, 한국언어학회, 2004.
김웅배, 「조도 방언의 특수 어휘에 대한 고찰」, 『도서문화』 2집, 1984.
_____, 「채 정례씨의 진도 말」, 『민중자서전』 20, 뿌리깊은나무사, 1992.
왕한석, 『한국의 언어민속지』 전라남북도 편, 서울대 출판부, 2010.
이기갑, 『전라남도의 언어지리』, 탑출판사, 1987.
_____, 『국어 방언 문법』, 태학사, 2003.
_____, 『전남 지도 지역의 언어와 생활』, 태학사, 2009.
_____, 『서남방언의 문법』, 태학사, 2022.
이기갑·고광모·기세관·정제문·송하진, 『전남 방언 사전』, 1998.
이기갑·김주원·최동주·연규동·이헌종, 「중앙아시아 한인들의 한국어 연구」, 『한글』 247, 2000.
이기갑·유영대·이종주, 『호남의 언어와 문화』, 1998.
이돈주, 「진도의 방언」, 『호남 문화 연구』 10집, 1968.
이진숙, 『전남 진도의 언어와 문화』, 지식과 교양, 2012.
조병현, 『진도 사투리 사전』, 진도문화원, 2014.
채정례, "에이 짠한 사람!" 내가 나보고 그라요』, 민중자서전 20, 뿌리깊은나무사, 1992.
최소심, 『시방은 안 해, 강강술래럴 안 해』, 민중자서전 9, 뿌리깊은나무사, 1990.

박주언 진도방언 단편집
그라지람쟈
그렇구말구요

초판1쇄 발행 2024년 12월 30일

지은이 박주언

주간 조승연
편집·디자인 오경희·조정화·오성현·신나래·박선주·정성희
관리 박정대

펴낸이 홍종화
펴낸곳 민속원
창업 홍기원
출판등록 제1990-000045호
주소 서울 마포구 토정로25길 41(대흥동 337-25)
전화 02) 804-3320, 805-3320, 806-3320(代)
팩스 02) 802-3346
이메일 minsokwon@naver.com
홈페이지 www.minsokwon.com

ISBN 978-89-285-2070-1 93800

ⓒ 박주언, 2024
ⓒ 민속원, 2024, Printed in Seoul, Korea

이 책은 저작권법에 따라 보호를 받는 저작물이므로 무단전재와 복제를 금지하며,
이 책의 전부 또는 일부를 이용하려면 반드시 저작권자와 출판사의 서면동의를 받아야 합니다.